sylvia deloy

sterne, stress und kussalarm

Rowohlt Taschenbuch Verlag

Originalausgabe
Veröffentlicht im Rowohlt Taschenbuch Verlag,
Reinbek bei Hamburg, August 2011
Copyright © 2011 by Rowohlt Verlag GmbH,
Reinbek bei Hamburg
Lektorat Silke Kramer
Umschlaggestaltung any.way, Barbara Hanke/Cordula Schmidt
(Abbildung: Hemera/thinkstockphotos.de;
iStockphoto/thinkstockphotos.de)
Satz Minion PostScript, InDesign, bei
KCS GmbH, Buchholz bei Hamburg
Druck und Bindung Druckerei C. H. Beck, Nördlingen
Printed in Germany
ISBN 978 3 499 21604 6

für emma und ida

inhalt

1 Marktluft **9**
2 Alles Gurke! **18**
3 Sterne **23**
4 Rumpelstilzchen **30**
5 Big Deal **36**
6 Zuckerschneckenalarm **45**
7 Chaos im Kopf **56**
8 Birthdayparty **62**
9 Böser Verdacht **76**
10 Allein **90**
11 Aussprache **99**
12 Last Minute **109**
13 Kussalarm **125**
14 Monsta **139**
15 Glück im Unglück **152**
16 Picknick **161**
17 Win-Win-Lösung **173**
18 Mondscheinküsse **184**

1
marktluft

«Wow, dieses Kleid ist ja der Hammer!», rief ich begeistert und steuerte zielstrebig auf ein buntes, seidiges Etwas zu, das lustig im Wind flatterte.

«Vergiss es», sagte Trudi, nachdem sie einen kurzen Blick auf das Preisschild geworfen hatte. «Ist preislich gesehen nicht deine Liga, und außerdem müssen wir uns beeilen.»

«Och, schade!», maulte ich und ließ mich widerwillig von Trudi weiterziehen.

Es war Samstagvormittag, die Sonne lachte vom Himmel, und ich schlenderte mit meiner besten Freundin Trudi über den Wochenmarkt. Das taten wir fast jeden Samstag, denn so konnten wir zwei Fliegen mit einer Klappe schlagen: Wir drückten uns zu Hause vorm Großreinemachen und sammelten trotzdem Pluspunkte bei unseren Müttern, weil wir den lästigen Einkauf für sie erledigten. Dass der Einkauf uns gar nicht so lästig war, wie wir vorgaben, verrieten wir natürlich nicht, denn man wusste nie, auf welche Ideen Mütter kamen, wenn sie das Gefühl hatten, dass man nicht genug im Haushalt schuftete. Und unsere samstägliche Shoppingtour, die wollten Trudi und ich auf keinen Fall aufgeben, da waren wir uns einig. Wir liebten nämlich unseren Wochenmarkt, der immer unter einer langen Lindenallee stattfand und richtig was zu bieten hatte. Neben Obst, Gemüse, Fisch und Oliven gab es auch jede Menge Stände mit tollen Klamotten, Tüchern, Hüten und Taschen, und für Trudi und mich gab es keinen schöneren Start ins Wochenende, als in all diesen schönen Sachen zu stöbern und dabei den Duft von frischen Kräutern und Oliven in der Nase zu haben.

Heute hatten wir allerdings schon ziemlich viel gestöbert, aber noch nichts eingekauft.

Trudi wurde langsam ungeduldig. «Schau mal auf deinen Einkaufszettel. Ich glaube nicht, dass deine Mutter da ‹buntes Kleid› draufgeschrieben hat», sagte sie streng.

«Ich wollte es ja auch nur mal angucken. So als Anregung, verstehst du?»

«Anregungen hast du dir für heute genug geholt. Jetzt holen wir Lebensmittel. Hast du deinen Einkaufszettel?»

Ich wühlte in den Hosentaschen meiner engen Jeans und beförderte schließlich einen zerknitterten Zettel zutage, auf den ich einen flüchtigen Blick warf. «Eier, Fleischwurst, Äpfel, Rettich ... – igitt, das ist ja eklig.»

«Was ist daran eklig?»

«Rettich, das klingt irgendwie so wie ... ein Tier. Wie Frettchen oder so.»

«Quatsch, Rettich ist kein Tier. Es ist eine Art ... Wurzel.»

«Das macht's auch nicht besser», sagte ich und verzog angewidert mein Gesicht. Mama neigte dazu, dauernd neue Rezepte auszuprobieren, und ich musste dann immer sagen, dass sie wirklich toll schmecken. Meistens tat ich ihr den Gefallen, aber dass sie mir ein Frettchen ... äh ... einen Rettich vorsetzen wollte, das ging jetzt wirklich zu weit!

«Komm schon, Mathilda, wir müssen weiter!», rief Trudi. Während ich in Gedanken Frettchen gegessen hatte, war sie schon in Richtung Gemüsestand geeilt. Ich warf Mamas Einkaufszettel achtlos in den großen leeren Einkaufskorb, den ich unter meinem Arm trug, und stapfte hinter ihr her. Um mich herum herrschte reges Treiben, und ich musste höllisch aufpassen, dass ich Trudi nicht aus den Augen verlor. Ich bewunderte sie. Sie war so vernünftig. Wenn es sein musste, schaffte sie es glatt, einfach so an einem Klamottenstand vorbeizugehen, ohne sich auch nur ein einziges Mal danach umzudrehen. In meinen Augen war das eine absolute Meisterleistung.

«Mathilda, wo bleibst du denn?», rief sie wieder und holte mich aus meinen Gedanken.

«Ich komme gleich!», rief ich zurück und steuerte auf einen Blumenstand zu. Verzückt betrachtete ich die wunderschönen, bunten Sommerblumen, die es hier für wenig Geld zu kaufen gab. «Ein Bund Tausendschön, bitte», sagte ich zu dem jungen Blumenverkäufer.

«Tausendschön, na, das passt ja!», grinste der Blumenmann, während er einen Strauß aus einem Eimer nahm, ihn in Papier einschlug und mir reichte.

«Danke für das Kompliment», lachte ich und gab ihm einen Fünf-Euro-Schein. «Die sind aber für meine Freundin, und zu der passen sie noch viel besser.»

«Kann gar nicht sein», zwinkerte der nette Typ.

«Hey, was war das denn?», rief Trudi erstaunt.

Überrascht drehte ich mich um. Trudi hatte wohl eingesehen, dass ich noch ein Weilchen brauchen würde, und war seufzend zu mir zurückgekehrt.

«Du flirtest ja wieder!», grinste sie.

«Ach Quatsch», winkte ich verlegen ab, aber ich musste zugeben, dass das Kompliment des Blumenmannes wie ein dickes Pflaster für meine zerkratzte Seele war. «Die sind für dich!», sagte ich und legte den Strauß in ihren Einkaufskorb.

«Für mich? Warum?», fragte sie erstaunt.

«Einfach so!», grinste ich.

«Danke. Lieb von dir!» Trudi hauchte mir ein Küsschen auf die Wange. «Komm», sagte sie und hakte sich bei mir unter.

«Nee, warte mal!» Ich schloss die Augen und sog einen gefühlten Kubikmeter leckerer Marktluft durch meine Nase ein.

Nun schloss auch Trudi die Augen und inhalierte genüsslich die Luft. Wir machten das immer, wenn wir ungefähr an dieser Stelle angekommen waren.

«Es riecht nach Oliven und … Knoblauch und …»

«… nach Ziegenkäse und Zitronenseife …»

«… und nach Lavendel und …» Mein Gesicht verdüsterte sich plötzlich. «… nach Urlaub mit Jonas.»

Abrupt öffneten wir beide gleichzeitig unsere Augen und blickten unwillkürlich in die ungläubigen Gesichter der Leute um uns herum, die stehen geblieben waren und sich fragten, was um alles in der Welt wir da gerade machten.

«Komm, die Leute gucken schon», sagte Trudi schnell,

legte ihren Arm um meine Schultern und schob mich weiter. «Vergiss Jonas endlich. Und vergiss den Urlaub mit diesem Blödmann.»

«Ich kann ihn nicht vergessen», jammerte ich. Alles erinnert mich an ihn. Selbst die Marktluft kann ich nicht mehr genießen. Und nächste Woche sind Ferien, und dieser Idiot fährt jetzt mit Lilly nach Frankreich, und ich werde mir die ganzen Sommerferien die Augen aus dem Kopf heulen, weil ich nicht wegfahre und weil Jonas Schluss gemacht hat und weil ich seinetwegen jetzt auch noch einen Fünfer in Mathe im Zeugnis habe.

«Ja, das ist wirklich das Allerletzte, dass er auch noch ausgerechnet vor der wichtigen Mathearbeit Schluss gemacht hat. Er hätte damit wenigstens einen Tag warten können.»

Ich merkte, dass mir schon wieder die Tränen in die Augen schossen. Es war jetzt vier Wochen her, dass Jonas mich eiskalt abserviert hatte. Einfach so, per SMS. Und dann, schon am nächsten Tag, hatte er nichts Besseres zu tun gehabt, als wild mit seiner Ex Lilly rumzuknutschen. Mitten auf dem Schulhof! Vor meinen Augen! Da war für mich endgültig eine Welt zusammengebrochen. Eine Woche lang hatte ich nonstop geheult. Nicht auszudenken, was gewesen wäre, wenn ich Trudi nicht gehabt hätte. Sie hatte mich getröstet, immer die richtigen Worte gefunden und gewusst, wann es besser war, gar nichts zu sagen. Dann hatte sie mich einfach nur im Arm gehalten, und ich hatte ihr T-Shirt nass geweint. Sie war wirklich die allerbeste Freundin, die man sich überhaupt vorstellen konnte.

«Sieh es positiv», sagte sie jetzt mantramäßig. Sie hatte das in den letzten Wochen schätzungsweise eine Million Mal zu mir gesagt. «Er ist ein Idiot, und du hast was Besseres verdient.»

Ich schluckte meine Tränen hinunter. Trudi hatte ja recht, und ich wollte nicht mehr weinen. Ich hatte genug geweint. Nächste Woche fingen die großen Ferien an, und das war doch eigentlich der beste Grund, mit dem Trübsalblasen ein für alle Mal Schluss zu machen. «Wenigstens bleibt mir die Gurkenfabrik erspart», sagte ich tapfer.

«Wieso?»

«Na, wenn ich nicht in den Urlaub fahre, muss ich mir auch kein Urlaubsgeld verdienen. Die Arbeit am Fließband ist bestimmt der blanke Horror. Am Montag sage ich da ab!»

Trudi nickte verständnisvoll. Doch plötzlich blieb sie wie angewurzelt stehen und umklammerte mein Handgelenk. Ein Rentner rempelte ungebremst in ihren Rücken.

«Verzeihung», murmelte Trudi, während der Alte schimpfend an uns vorbeistapfte.

Ich blickte sie fragend an. «Was ist los? Hast du ein Gespenst gesehen?»

«Quatsch. Mir ist nur gerade eine Spitzenidee gekommen. Ach, was sag ich? Es ist die Superturbomegaidee überhaupt!» Plötzlich begann sie, wie ein Gummiball auf und ab zu hüpfen, was meinem Handgelenk, das sie immer noch fest umklammert hielt, nicht wirklich guttat.

Ich entzog es ihr vorsichtshalber, um einer möglichen schmerzhaften Knöchelfraktur zu entgehen. «Ich höre», sagte ich und rieb stöhnend mein inzwischen krebsrot angelaufenes Gelenk.

«Dass ich nicht schon eher darauf gekommen bin!» Trudi schlug sich mit der flachen Hand vor die Stirn.

«Jetzt sag schon», rief ich ungeduldig.

«Ich hab dir doch erzählt, dass Mama mal wieder einen neuen Lover hat.»

«Ja, ich glaub schon», sagte ich unsicher, denn Trudis Mutter wechselte ihre Lover wie Lady Gaga ihre Frisuren. Ich war deshalb nicht sicher, ob ich ganz auf dem Laufenden war, was das betraf.

«Na ja, jedenfalls hat Mama mir heute Morgen eröffnet, dass Jens uns in den Ferien nach Rimini einlädt.»

«Welcher Jens?», fragte ich verwirrt.

«Na, ihr Neuer!» Trudi verdrehte entnervt die Augen.

«Und was hat das mit meiner Gurkenfabrik zu tun?»

«Jetzt überleg doch mal! Wenn Mama mit Jens und mir in den Urlaub fährt, dann bin ich doch das fünfte Rad am Wagen!»

«Hä?»

«Mann, ich bin über. Drei ist einer zu viel, verstehst du? Aber wenn ich eine Freundin mitnehmen würde ... Wenn ich sogar meine allerbeste Lieblingsfreundin mitnehmen würde, dann würde das bestimmt ein Spitzenurlaub werden.»

Ich pfiff durch die Zähne. «Du meinst, ich soll mit euch fahren?»

«Ja, warum denn nicht? Mama könnte mit ihrem Jens wie geplant im Hotel wohnen, und wir nehmen uns ein Zelt mit und campen auf dem Campingplatz in der Nähe. Mama würde das bestimmt erlauben. Sie ist froh, wenn ich beschäftigt bin. Mensch, Thilda, das wäre doch genau das Richtige gegen deinen Liebeskummer, und ich müsste mich nicht zwei Wochen mit Mama und Jens am Pool langweilen!»

Ich blickte Trudi ausdruckslos an. Diesen Wortschwall musste ich erst mal sacken lassen. Zwei Sekunden später war ich damit fertig, und dann begann auch ich, mich wie ein Gummiball zu benehmen. «Trudi, das wäre ja genial!», rief ich begeistert. «Wir beide in Bella Italia, das wird der absolute Hammer!»

«Und eine echte Entschädigung für deinen Urlaub mit Jonas», ergänzte Trudi.

«Das kann man wohl sagen. Liebesurlaube werden total überschätzt.»

«Genau. Immer nur turtel, turtel – wie langweilig ist das denn? Urlaub mit der besten Freundin, *das* ist lustig!»

«Genau!», pflichtete ich ihr bei. «Und ich werde die ganze Zeit keinen einzigen Gedanken an … äh … wie hieß er doch gleich? … verschwenden!»

«Du sagst es!», erwiderte Trudi. «Dazu wirst du nämlich gar keine Zeit haben.»

«Nicht?»

«Natürlich nicht. Weißt du eigentlich, wie viele knackige Italiener in knappen Badehosen am Strand von Rimini herumspazieren?», fragte sie mit ernster Miene. «Um die müssen wir uns kümmern.»

«Um alle?»

«Um alle!»

Ich nickte. «Damit werden wir vermutlich vollkommen ausgelastet sein!»

«So ist es!», flötete Trudi.

«Gurkenfabrik, ich komme!», flötete ich und zog Trudi fröhlich in Richtung Gemüsestand.

2
alles gurke!

«Stooop!», hallte es nun schon zum x-ten Mal durch die riesige Fabrikhalle, und Hildegard drückte entnervt auf den großen, roten Knopf, der an der Wand neben ihr prangte. Das Fließband stoppte sofort. «Bist du so doof, oder tust du nur so?!», herrschte sie mich wütend an, und ihr voluminöser Körper walzte dabei bedrohlich langsam auf mich zu.

Ich trat sicherheitshalber zwei Schritte zurück, während mein Gesicht schlagartig die Farbe des Stopp-Knopfes annahm, was sicher gut zu den hektischen Flecken an meinem Hals passte.

Es war mein erster Tag in der Gurkenfabrik, und ich stand schwitzend am Fließband. Rechts neben mir standen zwei ältere Frauen mit Kopftuch. Sie arbeiteten routiniert und schnell – zumindest, wenn das Fließband lief. Links neben mir stand Hildegard. Hildegard war meine Vorarbeiterin, und sie war nicht gerade die Chefin, die ich mir erträumt hatte. Der Job selbst war ebenfalls alles andere als traumhaft. Mir war schon ganz schwindlig von den lauten Maschinen und den vielen Fließbandarbeitern und Gabelstaplerfahrern, die emsig um mich herumwuselten. Vor allem aber war mir schwindlig von den unzähligen Gurkengläsern, die seit Stunden in einem Affenzahn an mir vorbeigesaust waren. Meine Aufgabe war es, aus den fahrenden

Gläsern überstehende Gurken herauszuziehen und dafür kleinere wieder reinzustecken, um so zu gewährleisten, dass die Maschine hinter uns die Gurkenglasdeckel draufschrauben konnte, ohne dabei eine Gurke zu zerquetschen. Doch das mit dem Gurkenrausziehen war leichter gesagt als getan. Die Gläser standen nämlich ganz nah beieinander und hatten gefühlte fünfzig Sachen drauf. Da war es doch kein Wunder, dass man hektisch wurde und ab und zu mal eins umwarf. Hildegards grimmiger Blick verriet mir, dass sie das anders sah.

«Aufwischen», kläffte sie und drückte mir einen schmuddeligen, feuchten Lappen in die Hand. Seufzend widmete ich mich der Lache aus Gurkenwasser, die sich langsam vor mir auf dem Fließband breitmachte.

So schwer hatte ich mir das wirklich nicht vorgestellt. Ich war gerade mal vier Stunden im Dienst und hatte das Gefühl, dass meine Beine gleich abfielen und mein Rückgrat die Form einer Gurke angenommen hatte. Ich war mir sicher, dass ich das keine zwei Wochen durchstehen würde, und offenbar war ich da nicht die Einzige, denn als mir zwei Minuten später das nächste Glas umkippte und Hildegard wieder einmal das Band anhalten musste, nahm sie mich wütend beiseite.

«Geh!», bellte sie.

«Wie bitte?», fragte ich zutiefst verunsichert.

«Watt an dem Wörtschen *Geh* is' denn jetzt so schwer zu verstehen? Hä??»

«Ähm, nichts. Äh, heißt das, ich bin fristlos entlassen?»

«Ja, so kann man datt auch nennen», fauchte Hildegard

und fuhr ihren rechten Arm so schnell in Richtung Ausgang aus, dass die Luft um ihn herum fast zischte. Ich bemerkte, dass das Fleisch ihres nackten Oberarms noch Sekunden später hin- und herschaukelte. Ein langärmliger Kittel wäre vorteilhafter gewesen, schoss es mir kurz in den Kopf, während sie ihren Arm wieder einfuhr. Ich starrte sie entgeistert an. Nicht wegen des Oberarms, sondern weil mir langsam dämmerte, dass sie mich tatsächlich gerade gefeuert hatte. Wegen ein paar umgestürzter Gurkengläser. An meinem ersten Arbeitstag. Meine Güte! Ich fand, ich hatte noch eine Chance verdient, aber Hildegard fand das nicht.

«Raus hier! Sofort!», donnerte sie noch einmal und fuhr ihren Arm nun zum zweiten Mal aus. Sie meinte es ernst.

Verzweifelt versuchte ich, einen klaren Gedanken zu fassen, und als mir das endlich gelang, beschloss ich, dass es wohl für alle Beteiligten das Beste war, wenn ich tat, was Hildegard befohlen hatte. Und so schlüpfte ich schnell aus meinem grauen kurzärmligen Kittel, hängte ihn über Hildegards ausgefahrenen Arm und verließ fluchtartig die riesige Fabrikhalle.

Puh. Draußen angekommen, atmete ich erst einmal tief durch. Einerseits war ich erleichtert, dass ich diese Gurkentortur neben Hildegard nicht noch ganze zwei Wochen ertragen musste. Andererseits musste ich jetzt vor meinen Eltern, Freunden und vor mir selbst eingestehen, dass ich zu blöd war, um Gurken aus Gläsern zu ziehen, und zwar so sehr zu blöd, dass man mich nach nur vier Stunden gefeuert hatte. Ganz objektiv betrachtet, war das nicht gerade eine

Meisterleistung, und mein eh schon reichlich ramponiertes Selbstbewusstsein schrumpfte auf Erbsengröße zusammen. Und meine Urlaubskasse auch. Wovon um alles in der Welt sollte ich denn jetzt den Riminiurlaub mit Trudi bezahlen? Aber irgendwie hatte ich es schon vorher geahnt, dass da in Sachen Rimini noch gehörig etwas in die Hose gehen würde. Das ist nämlich immer so, wenn im Vorfeld alles *zu* glatt läuft. Und in unserem Fall war alles *zu* glatt gelaufen. Glatter als glatt. Unsere Eltern waren nämlich überraschenderweise sofort einverstanden gewesen, als wir ihnen von unserer Rimini-Idee erzählt hatten. Kein: Darüber müssen wir erst mal in Ruhe nachdenken, oder: Zwei so junge Mädchen allein auf dem Campingplatz – das ist doch viel zu gefährlich. Nein: Sie hatten einhellig in die Hände geklatscht und gesagt: Mensch, das ist aber wirklich eine prima Idee, Mädels. Und damit war Rimini gebongt. Einfach so. Einzige Bedingung: Ich musste diesen Urlaub selbst finanzieren. Für die Herbstferien hatten Mama und Papa nämlich eine teure New York-Reise mit der ganzen Familie geplant, und wir hatten deshalb vereinbart, dass wir die Sommerferien über alle zu Hause bleiben. Alle, außer ich, vorausgesetzt, ich kriegte das Geld für einen Extra-Urlaub irgendwie selbst zusammen. Tja, und genau das war jetzt der Knackpunkt: Ohne meinen Job in der Gurkenfabrik kriegte ich das Geld eben nicht zusammen. Mama und Papa brauchte ich gar nicht erst zu fragen. Die Wahrscheinlichkeit, dass sie mir entgegen unserer Vereinbarung doch finanziell unter die Arme greifen würden, war gleich null. Eigentlich hatte ich ziemliches Glück mit meinen Eltern, aber in Geldfragen waren sie einfach total ignorant und unflexibel. Und somit war Rimini im Prinzip gerade für mich gestorben.

Während ich seufzend in Richtung des gurkenfabrikeigenen Fahrradständers schlenderte, kramte ich mein Handy aus meiner riesigen Umhängetasche und begann, wild darauf herumzuhacken. *Alles zum Kotzen! Bin gefeuert. Bye bye Rimini* tippte ich in Rekordgeschwindigkeit ein und schickte diese weltbewegende Message Trudi. Sie sollte als Erste erfahren, was los war. Mein Fahrrad stand zwischen vielen anderen Rädern, und ich musste mich ganz schön quetschen, um es von dem rostigen kettenartigen Etwas, das den Namen Fahrradschloss längst nicht mehr verdient hatte, zu befreien. Gerade, als mir das endlich gelungen war, piepte es in meiner Tasche. Ich kramte das Telefon noch einmal hervor und las lächelnd Trudis Antwort: *Kopf hoch. Gekotzt wird später. Jetzt Krisensitzung. Bin schon auf dem Weg zu dir. Dicken Kuss, Trudi.*

«Ach Trudi, wenn ich dich nicht hätte», murmelte ich und stieg auf mein Rad. Irgendwie fühlte ich mich jetzt schon ein bisschen besser. «Tschüs, Hildegard», grummelte ich grimmig und radelte auf schnellstem Wege nach Hause.

3 sterne

«Du bist ja schon da», rief Mama.

«Ja, da bin ich», murmelte ich und schlurfte in unsere große gemütliche Wohnküche. Ich registrierte, dass es nach frischen Brötchen und leckerem Kaffee roch und dass Mama gerade unauffällig versucht hatte, ein Gurkenglas vom Frühstückstisch verschwinden zu lassen. Die schlechte Nachricht hatte sich also schon herumgesprochen. Kein Wunder. Trudi war bereits eingetroffen und hatte es sich am Küchentisch bequem gemacht. Das Gleiche hatte auch unsere Nachbarin Henriette getan, was mich nicht weiter wunderte, denn Henriette gehörte sozusagen zur Familie. Was mich allerdings schon wunderte, war, dass es hier überhaupt noch Frühstück gab. Ich warf einen Blick auf meine Armbanduhr und stellte erstaunt fest, dass es tatsächlich erst Viertel nach zehn war. Ich hatte ganz vergessen, dass ich meinen Dienst in der Fabrik schon um sechs Uhr in der Früh hatte antreten müssen.

Geschafft ließ ich mich auf einen Stuhl gegenüber von Trudi sinken, angelte nach einem Brötchen und bestrich es dick mit Butter und Honig. Mama trat hinter mich und begann, sanft meinen Nacken zu massieren. Das tat gut.

«Mein armes kleines Mädchen», sagte sie, und ich ließ ihr das «klein» heute ausnahmsweise mal durchgehen. Sie vergaß manchmal, dass ich dem Kindergartenalter längst entwachsen und mittlerweile fünfzehn Jahre alt war. Jetzt gerade fand ich es aber eigentlich ganz schön, wieder Kindergartenkind zu sein und mich von Mama verwöhnen zu lassen. Als sie mich genug geknetet hatte, schenkte ich mir ein Glas Orangensaft ein und biss hungrig in mein Honigbrötchen.

«So, und jetzt erzähl mal!», sagte Trudi ungeduldig und schaute mich mit ihren großen blauen Augen erwartungsvoll an.

«Da gibt's nicht viel zu erzählen», erwiderte ich lahm. «Ich bin gefeuert, und das war's.»

«Wer feuert denn ein so fleißiges, nettes Mädchen wie dich?», wollte Henriette wissen.

«Danke für die Blumen», erwiderte ich kauend. «Aber das mit dem fleißig und nett sieht nicht jeder so!»

«Wer nicht?», fragte Henriette empört.

«Hildegard!», sagte ich mit Grabesstimme.

«Hildegard?», echoten alle wie aus einem Mund.

Und da begann ich doch zu erzählen, von meiner dicken Vorarbeiterin, die mich pausenlos angeschrien hatte, von den umgekippten Gurkengläsern und dem Fließband, das meinetwegen die Hälfte der Zeit stand. Und als ich so ins Erzählen kam, musste ich plötzlich selbst lachen, über diesen absurden Job und die absurde Hildegard mit ihrem schlabbrigen Oberarm. Alle anderen mussten auch lachen, und da tat mir Hildegard schon fast wieder ein bisschen leid, aber sie konnte uns ja nicht hören.

Henriette wurde als Erste wieder ernst und stellte endlich die eigentliche und alles entscheidende Frage: «Und was ist jetzt mit Rimini?»

Trudi und ich blickten uns ratlos an. Dann wandte ich meinen Blick Mama zu, die aber genauso ratlos dreinschaute. Also sah ich wieder Henriette an. Ihr traute ich eine zündende Idee am ehesten zu, denn sie war mit ihren zweiundsechzig Jahren reich an Lebenserfahrung und guten Ideen. Sie hatte mir schon so manches Mal aus der Patsche geholfen. Als kleines Mädchen hatte ich oft an die knallrote Tür ihres kleinen Reihenhäuschens nebenan geklopft, und sie hatte mir geöffnet, damit ich ihr mein Herz ausschütten konnte.

Henriette strich sich eine ihrer langen, grauen Haarsträhnen aus dem Gesicht und sah mich über ihre kleine Hornbrille hinweg mit blitzenden Augen an. Ich hielt den Atem an, denn ich kannte diesen Blick. Meistens, wenn Henriette mich so ansah, hatte sie etwas Wichtiges, etwas wirklich Wegweisendes und Besonderes zu sagen. Und ich war gespannt wie ein Flitzebogen, was das jetzt sein würde. Und dann endlich sagte sie: «Du solltest aufhören, Trübsal zu blasen, Mathilda.»

«Wie bitte?», fragte ich, und meine Stimme klang schrill. Ich konnte meine Enttäuschung kaum verbergen. Ich sollte aufhören, Trübsal zu blasen? War das alles? Ich hatte gehofft, dass Henriette jetzt mit einem Kniff, einer Lösung, vielleicht sogar mit einem kleinen Wunder um die Ecke käme, doch ein läppisches «du solltest aufhören Trübsal zu blasen, Mathilda» war kein Wunder. Das war einfach nur … nichts. Und Rimini war damit definitiv auch nicht zu retten.

«Wie soll ich aufhören, Trübsal zu blasen, wenn in meinem Leben alles schiefläuft?», fragte ich verzweifelt.

Henriette seufzte. «Du musst wieder an dich glauben, Kind. Ich kann dir dieses Mal nicht helfen. Keiner kann das. Nur du selbst. Du musst dein Leben selbst in die Hand nehmen.» Jetzt sah Henriette mir über ihre Brille hinweg ganz tief in die Augen. So tief, dass mir ein Schauer über den Rücken lief. «Wenn du das schaffst», sagte sie plötzlich mit fester Stimme, «dann stehen dir die aufregendsten Ferien aller Zeiten bevor.»

«Die aufregendsten Ferien aller Zeiten», echote ich leise. Dann lächelte ich. Ich war versöhnt, denn aufregende Ferien waren nicht das Schlechteste, und ich wusste, dass Henriette damit recht behalten würde. Wenn sie mit dieser festen Stimme etwas prophezeite, dann behielt sie immer recht. Sie kannte sich nämlich gut mit Sternen aus, und Mama und ich hatten sie auch in Verdacht, dass sie manchmal Dinge sah, die andere nicht sehen konnten. Und genau deshalb hatte ich plötzlich keinen Zweifel daran, dass mir wirklich die aufregendsten Ferien aller Zeiten bevorstanden, auch wenn die Sache mit Jonas und ein geplatzter Urlaub gerade definitiv dagegen sprachen.

«Aber erwarte nicht, dass dir die Sterne in den Schoß fallen», sagte Henriette plötzlich streng. «Du musst sie dir selbst vom Himmel holen!»

«Welche Sterne?», fragte ich, nun doch ein wenig verwirrt.

Hilfesuchend sah ich zu Trudi hinüber, doch die sah genauso ratlos aus wie ich.

«Die Sterne deines Lebens, Mathilda.»

«Es gibt keine Sterne in meinem Leben», seufzte ich betrübt. «Nur schwarze Kohlenstücke, mit denen ich mir die Finger schmutzig mache. Ich sag nur: Jonas und Gurkenfabrik.»

«Glaub mir, Mathilda, es gibt eine ganze Menge Sterne in deinem Leben, doch die meisten sind noch am Himmel und warten darauf, dass du sie endlich runterholst.»

Jetzt verstand ich nur noch Bahnhof, und weil das auch Henriette nicht verborgen geblieben war, half sie mir auf die Sprünge: «Mathilda, du weißt gar nicht, wie gut du es hast. Du hast etwas in die Wiege gelegt bekommen, und das ist ein sehr großes Privileg. Mach was draus!»

So langsam dämmerte mir, was Henriette meinte. Ich hatte nämlich wirklich ein Talent: Ich hatte ein Faible für Klamotten, und ich war in der Lage, sie selbst zu entwerfen und zu schneidern. Mama war fest davon überzeugt, dass ich einmal eine berühmte Modedesignerin werden würde. Vielleicht würde sie recht behalten, denn meine Sachen waren wirklich nicht übel – sagten Trudi und die anderen aus meiner Klasse. Ich nähte bunte Shirts und Röcke, und ich machte aus alten Jeans und T-Shirts mit Hilfe von Stoffresten, Farben und Drahtbürsten richtig coole Designerteile. Selbst Mama trug manchmal meine Kreationen, obwohl sie schon über 40 war!

Das mit den Sternen war trotzdem leichter gesagt als getan, denn mit coolen Klamotten konnte man noch keinen Sommerurlaub finanzieren. Oder vielleicht doch?

Henriette nahm sich eine Gabel Rettichsalat und schob

ihn sich genüsslich in den Mund. «Mhmmm», nuschelte sie. «Vom Markt?»

Ich nickte angewidert.

Da sprang Mama plötzlich auf. «Mensch Thilda, das ist doch *die* Lösung!»

Ich runzelte verständnislos die Stirn. «Was? Rettich?»

«Nein, Markt! Du könntest deine Klamotten auf dem Markt verkaufen!»

«Au ja!», rief Trudi und schob sich vor lauter Begeisterung auch ein Stück Rettich in den Mund, wofür sie von mir einen strafenden Blick erntete. Doch davon ließ sie sich nicht beirren. Begeistert klatschte sie in die Hände. «Mensch Mathilda, das ist es!», rief sie kauend. «Du setzt dich an die Nähmaschine und nähst ganz viele schöne, bunte Sommersachen, und dann verkaufst du sie auf dem Markt. Die Leute werden sie dir aus den Händen reißen! Ich bin mir sicher! Ich helfe dir! Ich assistiere dir beim Nähen, und dann machen wir den Stand zusammen. Das wird bestimmt ein Riesenspaß, und dein Urlaubsgeld bekommen wir locker zusammen.»

Alle starrten mich erwartungsvoll an. Ich war immer noch skeptisch. «Darf man das denn einfach so? Sich auf den Markt stellen und etwas verkaufen?»

Mama nickte. «Ich denke schon. Es wird natürlich eine Standgebühr fällig, und man braucht einen guten Platz. Aber darum kümmere ich mich, wenn du willst. Ich rufe gleich mal beim Ordnungsamt an. Ich kenne da jemanden.»

Typisch Mama. Sie kannte immer irgendwo jemanden.

Während Mama begann, unser Haus systematisch nach dem mobilen Telefon abzusuchen, machte ich schon im Geiste eine Bestandsaufnahme meiner Sommerkollektion. Je länger ich darüber nachdachte, desto besser gefiel mir die Idee mit dem Markt. Und tatsächlich hatte ich noch einige tolle Röcke und Jeans, die ich verkaufen konnte, und wenn ich mich sofort an die Nähmaschine setzte und die eine oder andere Nachtschicht einlegte, hätte ich am Ende der Woche sicher eine Kollektion anzubieten, die sich sehen lassen konnte.

«Danke, Henriette», sagte ich, sprang auf und umarmte sie. «Du hast mir sehr geholfen mit deinen Sternen.»

4
rumpelstilzchen

«Mathilda, du bist ein Genie!», rief Trudi und drehte sich verzückt vor dem bodentiefen Spiegel, der in meinem kleinen Nähzimmer an der Wand lehnte. Ich ging zwei Schritte zurück, verschränkte die Arme vor meiner Brust und versuchte so, mir einen Gesamteindruck von ihrem Outfit zu verschaffen. Trudi trug meine neueste Kreation: ein enganliegendes T-Shirt-Kleid in Army-Grün mit kurzen Ärmeln und weiß gestempelten Buchstaben auf der Rückseite. «Bad Girl» stand groß auf Trudis Rücken. Das war zwar genau das Gegenteil von dem, was Trudi war, aber ich mochte krasse Gegensätze, und deshalb war das Kleid wie für sie gemacht.

«Dreh dich noch mal um», bat ich, ging zu ihr hinüber und zupfte ein wenig am Saum herum. Dann nickte auch ich zufrieden. Das Kleid war wirklich cool. Ich hatte den Stoff vorher mit einer Drahtbürste bearbeitet, sodass er an einigen Stellen abgeschabt und sogar löchrig war. Man nannte das Vintage-Look, und der war gerade total angesagt.

«Das Kleid ist wie für mich gemacht!», stellte Trudi begeistert fest.

«Hab ich auch gerade gedacht», grinste ich.

«Und es passt perfekt zu meinen neuen Bikerboots.»

«Und zu den weißen Chucks!»

«Bitte, bitte, liebe Thilda, darf ich es behalten?» Trudi zwirbelte ihr langes blondes Haar und fixierte es locker mit einer Spange am Hinterkopf. Dann warf sie einen weiteren prüfenden Blick in den Spiegel.

«Kommt nicht in Frage», erwiderte ich streng. «Du musst es wieder ausziehen. In drei Tagen muss die Kollektion stehen, und wir brauchen jetzt jedes Teil!»

«Och Manno», maulte sie und begann widerwillig, sich umzuziehen.

«Vielleicht bleibt ja eins in deiner Größe übrig», sagte ich aufmunternd. «Dann bekommst du es. Versprochen. Apropos Größe: Wir brauchen das Kleid noch in 38 und 40.» Ich warf meiner Freundin ein zugeschnittenes Stück Stoff entgegen und reichte ihr eine Drahtbürste. «Hier. Du kannst mir helfen und schon mal den Stoff bearbeiten.»

«Okay», seufzte Trudi und machte sich an die Arbeit. Aus den Augenwinkeln sah ich, dass sie sich die Augen rieb, und auch ich musste ein Gähnen unterdrücken, als ich mich wieder an die Nähmaschine setzte, um mich dem geblümten Flatterrock zu widmen, den ich in der Nacht zuvor entworfen hatte. Kein Wunder, dass uns langsam die Müdigkeit überkam. Trudi und ich verbrachten nun schon den dritten Tag in Folge in meinem kleinen Nähzimmer, und gestern hatten wir sogar fast die ganze Nacht durchgearbeitet. Gut, dass wir es hier oben so gemütlich hatten und ganz und gar ungestört waren. Mama und Papa verirrten sich selten hierher. Sie akzeptierten, dass das Nähzimmer mein Reich war. Sie hatten es mir zu meinem vierzehnten Geburtstag geschenkt. Still und heimlich hatten sie es ausgebaut und hergerichtet, während ich in der Schule war.

«Weißt du noch, wie überrascht du warst, als du dieses Zimmer zum Geburtstag bekommen hast?», fragte Trudi plötzlich mitten in meine Erinnerungen hinein.

«Hey, kannst du Gedanken lesen?» Ich blickte sie erstaunt an. «Ich habe gerade jetzt genau daran gedacht. Es war wirklich eine tolle Überraschung. Ich weiß noch, dass Mama und Papa mir morgens die Augen verbunden und mich so lange um meine eigene Achse gedreht haben, dass ich mich fast übergeben musste. Dann haben sie mich die Treppe hinaufgeführt. Sie mussten mich stützen, weil mir so schwindelig war. Ich hatte wirklich keine Ahnung, wo ich war und was gleich passieren würde.»

Trudi grinste. «Die halbe Klasse wusste Bescheid, aber keiner hat auch nur ein Sterbenswörtchen verraten. Das mussten wir deiner Mutter alle versprechen. Unter Androhung der Todesstrafe.»

Ich lachte. «Typisch Mama. Aber das war auch gut so. Die Überraschung war wirklich gelungen. Als Mama und Papa mir die Augenbinde abgenommen haben und ich in diesem kleinen Nähzimmer stand, dachte ich, ich träume.»

«Kein Wunder. Ich finde, es ist das gemütlichste Zimmer der Welt.»

Trudi hatte recht. Das Zimmer war perfekt. An einer Wand stand ein hübsches altes Regal, in dem sich die bunten Stoffe stapelten, die ich im Laufe der Zeit gesammelt hatte. Unter eines der beiden Dachfenster schmiegte sich Henriettes altes geblümtes Sofa. Sie hatte es ausrangiert und für mein Nähzimmer gestiftet. Doch das Allerbeste war das, was unter dem zweiten Dachfenster thronte. Es war das Geburtstagsgeschenk von Oma und Opa gewesen: eine nigelnagelneue Nähmaschine mit allem, was dazugehörte. Ich weiß noch, dass ich damals vor lauter Überraschung erst einmal verblüfft auf Henriettes Sofa gesunken war. Doch dann war ich sofort wieder aufgesprungen und hatte Mama und Papa stürmisch umarmt, und ich hatte nicht gewusst, ob ich vor Freude lachen oder vor Rührung weinen sollte. Das Nähzimmer war wirklich das schönste Geschenk, das ich jemals bekommen hatte. Seitdem verbrachte ich fast jede freie Minute hier, um zu nähen, neue Sachen zu entwerfen oder auch, um einfach nur auf Henriettes geblümtem Sofa zu liegen und mit iPod im Ohr meinen Gedanken freien Lauf zu lassen. Natürlich hatte ich auch noch ein richtiges eigenes Zimmer, aber das war seit meinem vierzehnten Geburtstag ziemlich verwaist. Ich schlief darin und machte meine Hausaufgaben dort. Den Rest des Tages verbrachte ich meist hier oben in meiner kleinen Dachkammer. Hier hatte ich auch Tag um Tag mit Trudi gesessen, als Jonas mit mir Schluss gemacht hatte. Wir hatten zusammen geredet, geweint und vor Wut auf die Sofakissen eingeschlagen. Doch die Zeiten waren jetzt vorbei. Jonas war Geschichte, und zum Glück hatten wir jetzt Besseres zu tun, als diesem Idioten hinterherzuweinen. Ich musste nämlich nähen, was das Zeug hielt, und ein bisschen kam ich mir schon vor wie die arme Müllerstochter aus «Rumpelstilzchen», die Nacht um Nacht aus Stroh Gold spinnen musste.

Während ich neues Garn einfädelte, blickte ich auf Trudi, die auf dem Boden saß und den Stoff, den ich ihr zugeworfen hatte, kräftig mit der Drahtbürste bearbeitete. «Sei vorsichtig, nicht dass der Stoff reißt», ermahnte ich sie.

«Aye, aye, Chef.» Sie blickte resigniert auf die erst halb gefüllte Kleiderstange, die mitten im Raum stand wie ein Mahnmal. «Sag mal, wie viele Stunden haben wir eigentlich noch bis zum Verkaufsstart?»

Ich zuckte mit den Schultern. «Keine Ahnung. Wie du weißt, hab ich 'ne Fünf in Mathe.»

«Ach ja. Also gut. Heute ist Donnerstag, der halbe Tag ist rum. Also bleiben uns noch zwölf Stunden plus dreimal 24 Stunden von Freitag, Samstag und Sonntag. Das macht insgesamt ... 84 Stunden.»

«Wenn wir nicht schlafen.»

«Wer will schon schlafen?»

«Ich, und zwar sehr bald. Denn sonst werde ich gleich vor lauter Müdigkeit von diesem Stuhl hier kippen.»

«Okay», seufzte Trudi. «Ziehen wir vier Stunden Schlaf ab, dann bleiben uns immer noch 80 Stunden. Ich hoffe, das reicht, um diese Stange hier vollzukriegen.»

«Muss», murmelte ich lahm und wandte mich wieder meinem Blumenrock zu.

«Mist!», fluchte ich plötzlich, denn ich stellte fest, dass ich gerade die falschen Stoffteile zusammennähte. Ich war einfach übermüdet. «Es hilft nichts», sagte ich. «Ich muss mir diese vier Stunden Pause sofort genehmigen, sonst wird dieser Rock nie fertig – geschweige denn die anderen Sachen.» Mit diesen Worten schnappte ich mir meine kuschelige Decke und machte es mir auf Henriettes Sofa gemütlich.

«Okay, ich schrubbe noch ein bisschen weiter», hörte ich Trudi noch sagen und merkte, dass das Geräusch ihrer gleichmäßigen Bürstenstriche mich langsam in den Schlaf begleitete.

5
big deal

«Mathilda, du musst aufstehen!», hörte ich Mama leise in mein Ohr raunen. «Montagmorgen. Es ist Markttag!»

Verschlafen rieb ich mir die Augen. «Wie spät?», brummte ich müde.

«Sechs Uhr. Papa hat schon alles ins Auto gepackt.»

Da schlug ich die Bettdecke zurück und sprang mit einem Satz aus dem Bett. Plötzlich war alle Müdigkeit verflogen. Heute war mein großer Tag! Heute würde sich zeigen, ob die Arbeit der letzten Tage sich gelohnt hatte!

Aufgeregt lief ich ins Bad und warf einen Blick in den Spiegel. War das wirklich ich? Das Schlafdefizit der letzten Tage war mir deutlich anzusehen. Dunkle Ringe zierten meine braunen Kulleraugen. «Rehauge» nannte Papa mich immer, aber heute wäre «Klebauge» wohl passender. Seufzend stellte ich mich unter die Dusche und genoss den warmen Strahl auf meiner Haut. Danach fühlte ich mich schon viel besser, und meine Klebaugen fingen langsam an, sich wieder in Richtung Reh zu entwickeln. Ich schlüpfte in ein grünes, selbst aufgepepptes T-Shirt mit einem Reh vorne drauf und in meine alte Lieblingsjeans. Dann bearbeitete ich mein langes dunkles Haar mit kräftigen Bürstenstrichen und band es zu einem Pferdeschwanz zusammen.

Noch einmal warf ich einen prüfenden Blick in den Spiegel. Da die natürlichen Augenringe langsam verschwanden, malte ich mir welche mit Eyeliner, und ich tuschte meine Wimpern. Ja, jetzt hatte ich die passenden Augen zu meinem T-Shirt. Papa würde begeistert sein, und ich war auch zufrieden. Außerdem konnte ich beim besten Willen nicht noch mehr Zeit auf mein Aussehen verwenden, denn ich verspürte plötzlich einen Bärenhunger, und der Duft von frischen Brötchen und Kaffee, der sich langsam im ganzen Haus breitmachte, lockte mich nach unten. «Mhmmm», sagte ich und warf Mama zum Dank ein Küsschen zu. Und dann haute ich richtig rein. Ich verschlang ein Brötchen mit jungem und eines mit altem Gouda, eines mit selbstgemachter Erdbeermarmelade, ein weichgekochtes Ei und einen Joghurt. Dazu trank ich einen Riesenbecher Kakao und fühlte mich danach, als könnte ich Bäume ausreißen. Und das musste ich ja auch, oder zumindest so was Ähnliches. In jedem Fall lag ein anstrengender Vormittag vor mir.

«So, es kann losgehen», sagte Papa, als er in die Küche kam. Er wischte sich mit einem weißen Taschentuch die Stirn. «War ganz schön anstrengend, alle Sachen ins Auto zu hieven.»

Ich sprang auf und gab ihm einen Kuss. «Danke, Paps. Passte alles hinein?»

«Na ja, der Tapeziertisch ragt hinten aus dem Kofferraum raus, aber es ist ja nur ein kleines Stück zu fahren. Ansonsten ist alles prima verpackt.»

«Na, dann kann es ja jetzt losgehen. Trudi wartet bestimmt schon auf uns.»

«Moment», sagte Mama und verschwand im Wohnzimmer. Als sie zurückkam, hielt sie eine knallrote abschließbare Schatulle in der Hand, die sie mir feierlich überreichte. «Das Wichtigste, mein Schatz. Ich hab sie dir gestern noch gekauft. Ein wenig Wechselgeld habe ich dir auch reingelegt. Wir drücken dir fest die Daumen, dass sie sich ganz schnell füllt.»

«Danke, Mama», sagte ich fast ein bisschen gerührt.

«Pass gut drauf auf und lege sie nicht so offen auf den Tisch.»

«Mach ich», versprach ich.

«Und schließ immer ab, wenn du nicht ran musst. Du weißt ja: Gelegenheit macht Diebe.»

«Das sagt ja genau die Richtige», sagte ich ein wenig amüsiert und dachte daran, dass Mama, wenn sie Einkaufen ging, ihr Portemonnaie grundsätzlich immer achtlos offen im Einkaufskorb oder an der Kasse herumliegen ließ. Ein Wunder, dass es ihr noch nie geklaut wurde.

«Nun aber los», drängelte Papa. «Sonst komme ich noch zu spät zur Arbeit.»

Papa war Banker, und zwar mit Leib und Seele. Dazu gehörte auch, dass er immer pünktlich war. Mama war da ganz anders. Sie kam eigentlich immer zu spät. Es sei denn, sie hatte Papa dabei. Dass die beiden sich so gut verstanden, war erstaunlich, denn eigentlich waren sie total verschieden. Mama war Kunstlehrerin, aber auch Künstlerin. Sie malte und töpferte und klebte und bastelte für ihr Leben gern, und wenn sie einmal mitten in der Arbeit steckte, vergaß sie alles um sich herum. Mit anderen Worten: Sie war total chaotisch. Papa dagegen war ordentlich, pünktlich und bestens organisiert. Gut, dass er Mama hatte, sonst wäre er wahrscheinlich ein schrecklicher Spießer geworden. Und es war gut, dass Mama Papa hatte, denn sonst wären wir längst alle in ihrem Chaos versunken.

Ich verabschiedete mich von meiner chaotischen Mutter und ging mit meinem gutorganisierten Vater hinaus zum Auto.

«Hey, Thilda, da seid ihr ja endlich», hörten Papa und ich Trudi schon von weitem rufen, als wir ächzend und keuchend mit unserem Tapeziertisch auf unseren Verkaufsplatz zuliefen. Wir mussten das Monstrum zu zweit tragen, so schwer war es.

Trudi lief uns entgegen und umarmte mich so überschwänglich, dass ich meine Seite des Tisches erst einmal abstellen musste. Papa stöhnte entnervt, kramte in seiner Hosentasche, förderte seinen Autoschlüssel zutage und deutete mit dem Kinn Richtung Straßenrand, wo er das Auto geparkt hatte. «Hier, Trudi, du kannst schon mal die Kartons mit der ‹heißen› Ware holen», witzelte er.

«Ich fliege!», rief sie und eilte in Richtung Auto davon.

Während Papa und ich den Tisch aufbauten und die Kleiderstange holten, schleppte Trudi einen Karton nach dem nächsten heran, bis schließlich alles an Ort und Stelle war.

«So, ihr Lieben. Den Rest schafft ihr allein», sagte Papa. «Ich wünsche euch ganz viel Glück. Ihr macht das schon!» Er drückte mir noch einen Kuss auf die Wange. Trudi reichte er die Hand. Dann blickte er auf seine Armbanduhr und marschierte im Eiltempo davon.

Nach einer knappen halben Stunde hingen die Röcke und Kleider an den Stangen, die Hosen und T-Shirts lagen auf dem Tisch.

«Jetzt können die Käufer kommen», sagte Trudi zufrieden, baute sich hinter unserem Stand auf und verschränkte die Arme vor ihrer Brust.

«Na hoffentlich», sagte ich und blickte zweifelnd die Allee hinunter.

Kunden waren weit und breit nicht zu sehen, aber dafür jede Menge «Kollegen». Genau neben uns war der Gemüsestand, an dem wir samstags immer unsere Tomaten, Salate, Rettiche und was nicht sonst noch alles kauften. Uns gegenüber war ein Fischstand, was geruchstechnisch nicht ganz so optimal war, zumal Trudi alles, was irgendwie nach Fisch schmeckte oder roch, zuwider war. Aber der Junge, der den Fisch verkaufte, schien ganz nett zu sein. Gerade jetzt kam er herübergeschlendert.

«Hi, seid ihr neu?», fragte er schüchtern und vergrub die Hände in den Hosentaschen seiner nicht mehr ganz weißen Hose.

Ich nickte. «Ich heiße Mathilda, und das ist meine Freundin Trudi. Wir verkaufen meine selbstgenähten Sachen.»

«Echt?», sagte er unbeholfen und warf einen flüchtigen Blick auf unseren Verkaufstisch. «Schön.»

«Und du?», fragte ich neugierig.

«Ich bin Kalle und verkaufe Fisch!»

«Hallo, Kalle!», sagte Trudi und rümpfte unmerklich die Nase.

Ich wühlte in unseren T-Shirts herum und förderte schließlich ein braunes in Größe L zutage. «Guck mal, das wäre was für dich», sagte ich, kam hinter unserem Stand hervor und hielt es ihm an seine Brust.

Trudi lachte laut auf. Vorne auf dem Shirt prangte ein großer hellblauer Fisch.

Kalle grinste. «Ja, nicht schlecht», sagte er. «Was soll es kosten?»

«Für dich fünfzehn Euro.»

«Zehn!», sagte Kalle.

«Okay, zwölf. Weil wir jetzt quasi Nachbarn sind.»

Kalle rannte schnell zu seinem Fischstand zurück und kam mit zwölf Euro in der Hand wieder. «Hier!»

Ich nahm das Geld und reichte ihm stolz das T-Shirt.

«Danke. Ich zieh's später an, okay?»

«Okay», nickte ich.

«Weißt du was?», sagte Trudi. «Du bist unser allererster Kunde. Das muss gefeiert werden. Ich spendiere eine Runde Kakao vom Stand da drüben!»

«Echt?»

«Echt», sagte sie und schlenderte los.

Jetzt stand ich hier allein mit Kalle und wusste nicht, was ich sagen sollte. Und ihm fiel anscheinend auch nichts ein, denn er vergrub die Hände wieder tief in seinen Hosentaschen und starrte auf die Erde, als gäbe es dort etwas Hochinteressantes zu entdecken. Aber gut sah er aus, mit seinen braunen Locken und den großen blauen Augen. Und irgendwie fand ich es auch süß, dass er so schüchtern war. Jonas war alles andere als schüchtern. Vielleicht sollte ich mich zur Abwechslung mal in einen stilleren Jungen verlieben, dachte ich. Aber jetzt noch nicht. Erst mal hatte ich genug von Jungs – ob schüchtern oder nicht.

«Super Wetter heute, oder?», sagte Kalle plötzlich und blickte Richtung Himmel.

Ich musste grinsen. Er war wirklich schüchtern. «Ja», sagte ich. «Hoch Albert hat alle Wolken weggepustet!»

«Extra für euch», sagte er und sah mir einen Tick zu lange in die Augen.

Aha! So zurückhaltend war er also doch nicht, dachte ich und wurde rot. Ich war froh, dass Trudi genau in diesem Augenblick wieder aufkreuzte und jedem von uns einen Becher Kakao in die Hand drückte.

Viel Zeit, ihn zu trinken, blieb uns allerdings nicht, denn langsam füllte sich die Allee. Kalle musste rüber zu seinen Fischen, und Trudi und ich rüsteten uns für den großen Ansturm. Immer mehr Menschen strömten auf den Markt, und von einer Sekunde auf die nächste war plötzlich die uns so vertraute Marktatmosphäre da. Die Verkäufer priesen lautstark ihre Waren an, die Kunden schlenderten, wühlten, handelten und kauften. Es roch nach Knoblauch, Oliven, Basilikum und frischen Waffeln.

Trudi und ich schlossen die Augen und sogen die Marktluft durch unsere Nasen ein. Aber nur ganz kurz, denn längst machten die Leute auch bei uns halt. «Was kostet das olivfarbene Kleid hier?»

«Gibt's das T-Shirt auch in M?»

«Das Tuch mit den Punkten, habt ihr das auch in Rosa?»

Langsam kamen Trudi und ich richtig ins Schwitzen, und allmählich füllte sich auch die rote Schatulle mit Scheinen und Kleingeld. Ich war erleichtert. Die Leute mochten meine Sachen, und sie kauften sie. Die ganze Arbeit der letzten Woche war nicht umsonst gewesen.

Wir hatten so viel zu tun, dass der Vormittag wie im Flug verging. Erst gegen vierzehn Uhr wurde es merklich leerer, und wir begannen, unseren Stand abzubauen. Nachmittags machten Trudi und ich es uns mit Mamas leckerem selbstgebackenen Zitronenkuchen und eiskalter Limonade auf unserer Veranda bequem. Die Schatulle mit dem Marktgeld stand zwischen uns auf dem Tisch und wartete darauf, geöffnet zu werden. Wir waren so gespannt, was wir eingenommen hatten.

«Du kippst aus», sagte Trudi, als sie feierlich den Deckel der Schatulle öffnete.

«Zusammen bei drei», nuschelte ich und ließ ein riesiges Stück des Zitronenkuchens genüsslich auf meiner Zunge zergehen.

«Eins, zwei, drei!»

Gemeinsam nahmen wir die Schatulle und kippten alles Geld mit einem Schwung auf den Tisch. Es war ein beachtlicher Haufen aus Scheinen und Klimpergeld. Fein säuberlich sortierten wir alles und begannen zu zählen. Abzüglich des Wechselgeldes, das schon vorher in der Kasse war, hatten wir einen Umsatz von fast vierhundertfünfzig Euro gemacht.

«Das nenne ich einen Big Deal», sagte Trudi anerkennend, und ich konnte ihr da nur beipflichten. Natürlich mussten wir noch die Kosten für die Stoffe und das andere Material abziehen, aber trotzdem hatten wir immer noch ganz ordentlich verdient, und so langsam rückte unser gemeinsamer Rimini-Urlaub in greifbare Nähe. Ich nahm ein paar größere Scheine in die Hand und zählte sie ab. Wir hatten vorher vereinbart, dass auch Trudi einen Teil des Erlöses bekommen sollte, denn schließlich hatte sie mir beim Nähen und Verkaufen geholfen. Also zahlte ich sie jetzt aus und legte den Rest des Geldes wieder zurück in die Schatulle.

«Mensch, Mathilda, vierhundertfünfzig Euro! Das ist ein toller Erfolg», sagte Trudi und schob ihren Anteil in ihr Portemonnaie. «Hab ich doch gleich gesagt, dass die Leute dir die Sachen aus den Händen reißen.»

Ich lachte. «Ja, aber ohne dich hätte ich das nie geschafft. Danke für deine Hilfe.»

«Och, gern», grinste Trudi. «Ich hab ja auch etwas davon», sagte sie und hielt ihr gefülltes Portemonnaie in die Höhe. «Weißt du was? Dieses sensationelle Ergebnis müssen wir feiern!»

«Oh ja. Da hast du natürlich vollkommen recht», pflichtete ich ihr bei. «Spaghettieis?»

«Spaghettieis!», nickte Trudi.

6
zuckerschneckenalarm

Wir hatten es uns auf der Terrasse unseres kleinen Lieblingseiscafés an einem Tisch im Schatten einer großen Kastanie gemütlich gemacht und warteten auf unser Eis. Angelo hatte heute eine Menge zu tun, denn Hoch Albert sei Dank war es ein richtig warmer Tag geworden, und wir waren offenbar nicht die Einzigen, die Lust auf ein großes Eis hatten. Endlich kam Angelo mit unserem Spaghettieis. Er hatte für jede von uns noch ein extra Sahnehäubchen oben draufgepackt und eine dicke Erdbeere reingesteckt.

«Kleine Aufmerksamkeit des Hauses für meine Lieblingsgäste», grinste er.

Ich kannte Angelo schon, seit ich ein kleines Kind war. Damals hatte ich meine Eltern fast jeden Sonntag hierhergeschleift und sie genötigt, mir eine Kugel «Schwarzer Teller» im Hörnchen zu kaufen. Angelo hatte sich nie etwas anmerken lassen und mir wie selbstverständlich immer ein Bällchen Stracciatella gegeben. Er zieht mich heute noch manchmal damit auf.

Zum Glück war so viel zu tun, dass er jetzt darauf verzichtete und stattdessen schnell an den nächsten Tisch eilte. Trudi und ich begannen unterdessen, das beste Spaghettieis der Welt zu verputzen und dabei Pläne für Rimini zu schmieden. Sonne, Eis, ein bevorstehender Urlaub und einen Haufen Kohle in der Schatulle – das Leben war wunderbar, dachte ich gerade. Doch dann blieb mir plötzlich Angelos Extra-Erdbeere im Halse stecken. Ich hustete, schnappte nach Luft und versuchte mich, so gut es ging, hinter Trudi zu verstecken.

«Was ist denn mit dir los?», fragte sie verständnislos.

Ich deutete mit dem Kinn nach rechts.

«Ach du Scheiße!», entfleuchte es ihr, denn da schlenderte ein verliebtes Pärchen Arm in Arm über die Terrasse: Jonas und Lilly. Offenbar waren sie so verliebt, dass sie uns noch nicht mal bemerkten.

Am liebsten wäre ich aufgesprungen und weggerannt, doch Trudi legte beschwichtigend ihre Hand auf meine. «Sieh einfach gar nicht hin», sagte sie.

«Ich kann nicht nicht hinsehen!», jammerte ich.

«Doch, kannst du!»

«Wo soll ich dann hingucken?»

Trudi blickte sich um. «Da, guck mal, der Typ zwei Tische weiter. Ich sag nur: Zuckerschneckenalarm!»

Wenn Trudi den Typen als Zuckerschnecke bezeichnete, dann musste er richtig gut aussehen. Zuckerschnecke war nämlich auf einer Skala von eins bis zehn bei Trudi eine satte Zehn. Ich drehte meinen Kopf also gespannt in die andere Richtung. Tatsächlich. Da saß ein Typ, der sah wirklich verdammt gut aus. Dunkelblonde halblange Haare, leicht gebräunte Haut und ein enganliegendes T-Shirt, das erahnen ließ, dass das, was sich darunter verbarg, auch nicht von schlechten Eltern war. Als er zufällig zur Seite sah, bemerkte ich, dass das Schönste an ihm sein Gesicht war. Er hatte bernsteinfarbene Augen, wohl proportionierte Augenbrauen und einen Mund, den man am liebsten sofort küssen würde. Trudi hatte recht. Dieser Typ war definitiv eine Zuckerschnecke. Im Geiste stellte ich Jonas daneben und dachte, dass er dagegen wie ein blasses, aufgeblasenes Hähnchen aussah. Ich zwang mich, mich nicht nach dem Hähnchen umzusehen, und fixierte stattdessen die Zuckerschnecke. Er saß da mit einem anderen Jungen am Tisch. Die beiden unterhielten sich angeregt. Hoffentlich war der nicht schwul, dachte ich, und genau in diesem Moment drehte er sich um, und seine Bernsteinaugen trafen direkt in meine Rehaugen. Ich starrte ihn an und war plötzlich handlungsunfähig. Da lächelte er. Jawohl. Dieser unglaublich attraktive Junge lächelte mich, Mathilda Hensen, an. Und da sah er plötzlich noch viel hübscher aus als sowieso schon. Ich lächelte zurück, ganz kurz nur, und dann drehte ich mich schnell weg, weil mir das irgendwie peinlich war. «Was macht er?», flüsterte ich Trudi zu und versuchte, mich dabei so unauffällig wie möglich zu benehmen.

«Er geht», raunte Trudi. «Hat keinen Platz gefunden.»

«Nicht das Hähnchen. Der Typ am Nebentisch!»

Trudi runzelte verwirrt die Stirn. «Ach so, der. Äh, der redet mit seinem Freund. Ah, jetzt hat er kurz rübergeschielt. Kennst du ihn etwa?»

«Noch nicht», grinste ich. «Aber was nicht ist ...»

«... kann ja noch werden», stimmte Trudi lachend ein. «Hauptsache, du vergisst endlich den blöden Jonas.»

«Mhmmm, der da wäre schon eine ganz nette Abwechslung!»

Den nächsten Tag nutzte ich, um ein paar Röcke zu nähen, denn es waren ja schon eine ganze Menge Teile verkauft worden. Und am Mittwoch war es wieder so weit: Großkampftag für Trudi und mich. Papa half uns morgens in der Früh wieder mit dem Transport unserer Sachen. Den Rest erledigten wir alleine. So langsam bekamen wir Routine. Unseren Verkaufstisch hatten wir in null Komma nix aufgebaut, und die Klamotten waren ruckzuck platziert.

Die anderen Marktverkäufer um uns herum kannten uns jetzt schon. Fast alle begrüßten uns freundlich, und einige kamen auf einen kurzen Plausch zu uns rüber. Auch Kalle stand irgendwann wieder vor uns, und ich stellte fest, dass er mein Fisch-T-Shirt trug. «Hab's extra heute für euch angezogen», sagte er schüchtern.

Innerlich seufzte ich. Irgendwie war er süß, wie er da so unbeholfen vor uns stand und nicht recht wusste, was er sagen sollte.

«Wie geht's denn so?», fragte er in Trudis Richtung und wurde rot.

Oh, oh, dachte ich, denn plötzlich fiel es mir wie Schuppen von den Augen. Er hatte sich in Trudi verguckt. Am Montag hatte ich einen kurzen Augenblick gedacht, dass er mich ... Na ja, da hatte ich wohl falsch gedacht. Dann musste ich plötzlich grinsen. Ausgerechnet Trudi. Wo sie doch Fisch so sehr hasste!

«Bestens geht's», sagte Trudi. «Und dir?»

«Auch bestens.»

Kalle trat von einem Fuß auf den anderen und druckste herum. «Äh, ich wollte ... ich würde ...»

«Ja?» Trudi lächelte.

«Hast du heute Nachmittag schon was vor?», stieß er endlich hervor.

Ich war fast erleichtert, dass Kalle es geschafft hatte, diesen Satz unfallfrei herauszubringen.

«Ähm, ich weiß nicht ...», stammelte Trudi und warf mir einen hilfesuchenden Blick zu.

«Hattest du nicht gesagt, du musst auf deine kleinen Cousins aufpassen?», half ich ihr auf die Sprünge. Es war nicht einmal eine Notlüge. Trudi hatte gestern wirklich so etwas erwähnt.

Trudi atmete erleichtert auf. «Stimmt ja! Heute kommen Emil und Anton.»

Kalle blickte sie fragend an.

«Das sind meine beiden zweijährigen Cousins. Sie sind Zwillinge, echt süß, aber leider auch der absolute Albtraum eines jeden Babysitters. Sie nehmen alles auseinander, was nicht niet- und nagelfest ist. Und wenn sie damit fertig sind, klettern sie überall drauf und fallen wieder runter. Oder fassen auf heiße Herdplatten. Oder hauen sich die Köpfe ein.»

«Au Mann! Und du musst jetzt auf sie aufpassen?»

«Ja. Geht nicht anders. Meine Tante Dagmar will mit meiner Mutter in die Stadt. Ich hab ihr versprochen, dass ich mich in der Zeit um die beiden Satansbraten kümmere.»

«Schade», sagte Kalle enttäuscht. «Ich wollte dich zum Eisessen einladen.»

Ich seufzte innerlich und war froh, dass er wenigstens nicht «Fischessen» gesagt hatte.

«Und Samstag?»

«Samstag?», fragte Trudi und schaute wieder zu mir herüber.

Dieses Mal nickte ich ihr aufmunternd zu. Schließlich sprach nichts dagegen, mit einem süßen Jungen ein Eis essen zu gehen. Okay, Kalle verkaufte Fisch, aber – er war schnuckelig. Und abgesehen vom Fisch passte er richtig gut zu Trudi, fand ich. Ich stieß ihr unauffällig mit dem Ellbogen in die Rippen.

Endlich gab Trudi sich einen Ruck. «Okay, Samstag», sagte sie. «Nach dem Markt!»

Kalle grinste über das ganze Gesicht. «Spitze!», sagte er, und ich sah ihm an, dass er am liebsten einen Luftsprung bis zu den Wolken gemacht hätte. «Ich muss rüber, Mädels. Bis später!»

«Bis später!», rief ich und winkte zum Abschied.

«Na toll», maulte Trudi.

«Was denn? Der ist doch total süß! Zuckerschnecke!»

«Ja, ist er ja auch. Aber er ist ein *Fisch*verkäufer.»

«Er ist nur der Sohn eines Fischverkäufers. In Wirklichkeit ist er Schüler, so wie du und ich.»

«Ja, aber er wohnt über einem Fischladen. Bestimmt stinkt sein Zimmer nach Fisch. Und die ganze Wohnung, und er selber auch.»

«Ach was. Jetzt mach dich mal locker. Er sieht gut aus und ist dazu noch richtig nett.»

«Eine seltene Kombi!»

«Genau! Das Eis wirst du überleben, und dann küsst du ihn einfach mal.»

«Hä?»

«Na, dann weißt du, ob er nach Fisch stinkt oder nicht!»

«Ich kann ihn doch nicht einfach küssen, um herauszufinden, ob er nach Fisch stinkt. Nachher stinkt er nach Fisch, und ich will ihn nie wieder küssen, und dann macht er sich falsche Hoffnungen, weil ich ihn geküsst habe.»

«Ach Trudi, du bist einfach zu gut für diese Welt. Aber du hast recht. Dann musst du es halt irgendwie anders herausfinden. Dir fällt schon was ein.»

Gegen Mittag wurde es ruhiger an unserem Stand, und Trudi war schnell zum Türken schräg gegenüber geflitzt, um etwas Essbares ranzuschaffen. Ich nutzte die kleine Pause, um ein wenig Ordnung auf dem Verkaufstisch zu schaffen. In Gedanken versunken, faltete ich T-Shirt für T-Shirt. Die Kunden hatten ganz schön gewütet.

«Bonjour, Mademoiselle!», sagte da plötzlich jemand in die Mittagsruhe hinein. Ich hob erschrocken den Kopf – und blickte mitten in ein paar fröhliche Bernsteinaugen.

«Oh, äh … hallo», hörte ich mich selber stammeln.

«Coole T-Shirts», sagte der Bernsteintyp und lächelte wieder dieses Lächeln aus dem Eiscafé.

Fieberhaft versuchte ich, mein Gehirn in Gang zu setzen. Ich hätte jetzt ein Vermögen für eine coole oder witzige Antwort gegeben, doch meine grauen Zellen machten Mittagspause, und deshalb fiel mir nichts Besseres ein, als nach seiner Größe zu fragen.

«M», sagte er und wühlte in meinen frischgefalteten

T-Shirts herum. Schließlich zog er ein fliederfarbenes Vintage-Shirt hervor, dem ich einen weißen Stern mitten auf die Brust verpasst hatte. «Das ist super!», sagte der Bernsteinmann anerkennend, und ich registrierte, dass er mit ganz leichtem französischem Akzent sprach. «Machst du die selbst?»

«Oui. Äh ja», sagte ich und beschloss, demnächst mal zu googeln, ob es so etwas wie Frischzellenkuren für Gehirne gab.

«Wirklich toll.» Er legte das Shirt ungefaltet zurück auf meinen Tisch und streckte mir freundlich seine braungebrannte Hand entgegen. «Ich heiße übrigens Antoine», strahlte er.

«Oh!» Schnell versuchte ich, meine vor Aufregung nass geschwitzte Hand unauffällig an meinem Hosenbein abzureiben, bevor ich sie ihm reichte.

«Mathilda», sagte ich und strahlte zurück. Das kann ich nämlich gut: strahlen. Nicht zuletzt, weil ich mit einem ziemlich großen Mund mit strahlend weißen Zähnen darin gesegnet bin. Jawohl. Immerhin. Und jetzt hoffte ich inständig, dass dieser schöne große Mund mit den schönen weißen Zähnen darin die Schwitzehand und mein wortkarges Gestammel von eben wettmachen würden.

«Mathilda», wiederholte Antoine, und er sprach es ein bisschen französisch aus. «Ein schöner Name für ein schönes Mädchen!»

«Danke gleichfalls», sagte ich.

Antoine sah mich verwirrt an.

«Äh, ich meine, du bist natürlich kein Mädchen, aber …

dein Name ist auch schön ... und du ... äh ... na ja. Ist ja auch egal», stotterte ich und wurde noch röter, als ich es eh schon war. Peinlich! Au Mann! Peinlich, peinlich!!!

Zum Glück tauchte genau in diesem Augenblick Trudi auf. In jeder Hand hielt sie einen Riesendöner.

«Ah, da ist meine Freundin Trudi», sagte ich schnell.

«Hallo, Trüdi», grinste Antoine.

Ich musste lachen. Trüdi – das klang wirklich lustig.

«Truuudi», sagte Trudi und drückte mir einen der beiden Döner in die Hand.

«Okay, hallo, Truuuudi. Ich bin Antoine. Bon appétit ihr beiden.» Er lächelte mir zu. «Seid ihr nächste Woche wieder hier?»

Ich nickte.

«Dann komme ich dich wieder besuchen, schöne Mathilda!»

«Okay. Ähm, toll», sagte ich wenig geistreich. Und dann verschwand er so schnell, wie er gekommen war.

Trudi pfiff beeindruckt durch die Zähne. «War das nicht die Zuckerschnecke aus dem Eiscafé?»

«Ja. War es.»

«Hat er gerade wirklich ‹schöne Mathilda› gesagt?»

«Jep!»

«Wie süüüß!», hauchte sie und biss verzückt in ihren Döner.

«Süßer als süß», piepste ich und biss noch verzückter in meinen Döner.

Trudi sah mich überrascht an. «Hat sich da etwa schon wieder jemand verliebt?»

«Quatsch», sagte ich schnell. «Ich find ihn nur einfach nett. Das ist alles!»

«Ja, ja. Ist klar», grinste Trudi.

«Nein, ehrlich jetzt. Das mit Jonas sitzt einfach noch zu tief. Manchmal frage ich mich, ob ich mich überhaupt jemals wieder verlieben kann.»

«Jetzt mach aber mal einen Punkt!»

«Allein der Gedanke, mir könnte so was wie mit Jonas nochmal passieren, ist doch unerträglich. Antoine hin, Bernsteinaugen her, ich hab jedenfalls erst mal genug von der Liebe.»

Trudi legte ihren Arm um mich. «Du hast recht», sagte sie. «Lass es langsam angehen. Jonas hat deine Seele verletzt, und das muss erst einmal richtig verheilen. Aber wie sagt man so schön: Die Zeit heilt alle Wunden, und irgendwann kannst du dich auch wieder verlieben. Ganz bestimmt!»

Ich legte meinen Kopf auf Trudis starke Schulter. «Danke, dass du immer für mich da bist, allerliebste Trüdi», sagte ich grinsend. «Nein, im Ernst. Ich bin so froh, dass ich dich habe, und ich hoffe, dass ich mich irgendwann bei dir revanchieren kann, für all die Stunden, die du mir zugehört hast.»

«Ich hoffe nicht!», lachte Trudi. «Das würde ja bedeuten, dass ich genauso leiden müsste wie du.»

«So war das nicht gemeint», sagte ich und knuffte meine Freundin liebevoll in die Seite. «So, und jetzt an die Arbeit. Wir müssen noch ein paar Teile verkaufen, damit die Urlaubskasse voll wird!»

«Coole T-Shirts, tolle Jacken, schöne Röcke!», rief Trudi

einer Gruppe Teenies zu, die gerade unseren Stand passierte. Tatsächlich blieben die Jungs und Mädels stehen und begannen, sich für meine Sachen zu interessieren.

Ich musste lachen. Trudi war wirklich ein Multitalent:

Seelenklempnerin, Nähassistentin, Marktschreierin ... Was sie wohl noch alles konnte?

7
chaos im kopf

Ich räkelte mich in der Hängematte in unserem Garten, die Mama zwischen unsere beiden großen Apfelbäume gehängt hatte. Eigentlich war es ihr Platz, denn sie liebte es, hier zu liegen und ihre Seele und sich selbst baumeln zu lassen. Heute hatte sie mir trotzdem den Vortritt gelassen, weil ich so müde und geschafft aussah. Kein Wunder, denn der Vormittag war ganz schön anstrengend gewesen. Die Kunden, die viel gewühlt hatten, Kalle vom Fischstand und schließlich Antoine, der mir irgendwie doch besser gefiel, als ich wahrhaben wollte. Zumindest ging er mir nicht mehr aus dem Kopf. Und überhaupt wirbelte da oben alles wild durcheinander. Es war das reinste Chaos. Ich schloss die Augen und versuchte, ein wenig Ordnung in meine Gedanken zu bringen. Liebte ich Jonas noch? Wenn er jetzt reumütig vor mir stehen und mich bitten würde, zu ihm zurückzukehren, würde ich es tun? Nie im Leben, dachte ich.

Sei ehrlich, Mathilda, ermahnte ich mich in Gedanken selbst.

Na gut. Ganz ehrlich: Vielleicht würde ich es tun, wenn er mir hoch und heilig versprechen würde, dass ... Okay, ich würd's machen, ich dumme Kuh.

Und Antoine? Er war so süß und charmant und gutaussehend, und ich stellte gerade fest, dass mein Herz einen

Hüpfer gemacht hatte, als er mir wieder in den Kopf geschossen war. Antoine könnte mich vielleicht vor diesem schweren Fehler bewahren, sinnierte ich. Also nur mal angenommen, Jonas würde mich tatsächlich fragen. Hm, irgendwie war ich jetzt noch verwirrter als vorher. Trudi hatte recht. Ich würde es langsam angehen lassen mit den Jungs. Erstens hatte Jonas mich nicht gefragt, ob ich zu ihm zurückkehre, zweitens würde das wohl auch nie passieren, und drittens hatte ich sowieso die Nase voll von der Liebe. Und deshalb beschloss ich, mich erst einmal voll und ganz aufs Geldverdienen zu konzentrieren. Und dann würden Trudi und ich nach Rimini fahren, um Abstand von all dem ganzen Schlamassel hier zu gewinnen, und was dann passieren würde, das stand in den ...

«Na, wie läuft es mit den Sternen?», hörte ich plötzlich eine wohlbekannte Stimme über mir fragen.

Ich öffnete die Augen und sah in Henriettes Gesicht. Mühselig rappelte ich mich auf «Gut!», sagte ich und schwang die Beine über den Hängemattenrand. «Setz dich.» Ich rückte nach rechts und klopfte auf den frei gewordenen Platz neben mir.

Das tat Henriette, und für einen Augenblick befürchtete ich, dass die Hängematte unserem Gewicht nicht standhalten würde. Doch keiner der beiden Apfelbäume machte Anstalten zu entwurzeln, und die Taue hielten bombenfest. Mama hatte gute Qualität gekauft.

«Einen Stern hab ich gefangen, Henriette», sagte ich, als wir beide endlich so saßen, dass es einigermaßen bequem war. «Weißt du, das mit dem Markt läuft wirklich prima.

Trudi und ich haben schon richtig gut verdient, und wenn das in der nächsten Woche so weitergeht, dann habe ich das Geld für Rimini beisammen.»

«Mensch, das ist ja toll», freute sich Henriette. «Der Geldstern ist im Sack. Und was macht der Liebesstern?»

Ich fragte mich, wie schon so oft, ob Henriette eigentlich Gedanken lesen konnte. «Schwebt noch am Himmel», erwiderte ich. «Und da wird er wohl auch noch eine Weile bleiben.»

«Wie weit ist er denn entfernt?»

Ich dachte an Antoine und an mein hüpfendes Herz von eben. Und ich dachte an Jonas. «Lichtjahre!», seufzte ich.

Dann berichtete ich von unserem Tag auf dem Markt, von Kalle und von Antoine. Und als ich ihr erzählte, dass Antoine «bis bald, schöne Mathilda» gesagt hatte, da seufzte Henriette verzückt. «Ist das süüüß», sagte sie, und in dem Moment kam sie mir vor, als wäre sie auch erst fünfzehn, so wie Trudi und ich.

«Das klingt aber gar nicht nach ‹Lichtjahre›! Das klingt eher nach ‹zum Greifen nahe›!»

«Ich weiß nicht.»

«Hast du Schmetterlinge im Bauch, wenn du an ihn denkst?»

«Ja, zuerst waren es nur zwei oder drei. Aber irgendwie habe ich das Gefühl, sie vermehren sich stündlich.»

«Oh ja, das kenne ich», nickte Henriette. «Und nach ein, zwei Tagen ist der ganze Bauch gerammelt voll mit diesen Flattermännern, und dann kann man gar nichts mehr essen, und man schwebt selbst wie ein Schmetterling durch die Welt. Ach, ich wünschte, ich wäre noch einmal so jung wie du», seufzte sie.

«Sei froh, dass du's nicht bist. Vielleicht hast du es inzwischen vergessen, aber es ist gar nicht so einfach, fünfzehn zu sein. Weißt du was? Mir ist das alles zu kompliziert. Ich mache jetzt die Augen zu und träume, ich wäre glücklich.»

«Mach das, Thildchen. Möge der Traum in Erfüllung gehen!» Mit diesen Worten hievte sie sich aus der Hängematte und winkte zum Abschied.

Ich träumte nicht, ich wäre glücklich. Ich träumte gar nicht. Zumindest konnte ich mich an keinen Traum erinnern, als ich endlich wieder wach wurde und erschrocken auf meine Armbanduhr blickte. Es war schon fast fünf. So schnell es ging, lief ich ins Haus. Ich hatte nämlich noch etwas sehr Wichtiges zu erledigen. Mama hatte am Samstag Geburtstag, und ich brauchte noch ein Geschenk. Heute war Mittwoch, das hieß, ich hatte, heute mitgerechnet, noch genau drei Tage, um ihr so ein hübsches buntes Hippiekleid zu nähen, wie ich es besaß. Sie lieh es sich dauernd von mir, sodass ich beschlossen hatte, dass sie nun ein eigenes bekommen sollte.

Ich hörte Mama in der Küche herumfuhrwerken und rief ihr zu, dass ich noch kurz etwas zu erledigen hätte. Schnell lief ich nach oben und holte mein Portemonnaie aus meinem Zimmer. Dann düste ich mit dem Fahrrad nach Nippes. Nippes ist ein belebter Kölner Stadtteil ganz in der Nähe. In der Wilhelmstraße, einer kleinen Seitenstraße nahe des Marktplatzes, befand sich ein unscheinbares

Stoffgeschäft, das von einer jungen türkischen Frau namens Leyla betrieben wurde. Von außen bemerkte man es kaum, doch wenn man hineinging, stellte man fest, dass es ganz schön groß war und dass es hier wunderschöne Stoffe und Zubehör zum kleinen Preis gab. Ich liebte es, hierherzukommen und zu stöbern.

Als ich den Laden betrat, wurde ich herzlich von Leyla begrüßt, und wie immer musste ich erst mal ein Glas türkischen Tee trinken. Dann erklärte ich Leyla, was ich suchte. Ich hatte Glück. Es war noch etwas von dem bunten, leichten Blumenstoff da, den ich für das Hippiekleid benötigte. Ich kaufte drei Meter davon, und noch etwas Garn und eine Zickzackborte, die ich für den Saum brauchte. Dann verabschiedete ich mich schnell, denn ich hatte es eilig. Ich wollte mich unbedingt heute noch an die Nähmaschine setzen. Geschäftig trat ich aus dem Laden und ... bums! rumste mitten in Kalle hinein.

«Oh, sorry!», sagte ich und bückte mich nach meiner Tüte mit dem neuen Stoff, die ich vor Schreck hatte fallen lassen.

«Hi Mathilda!» Kalle blickte mich überrascht an. «Was machst du denn hier?»

«Stoff kaufen. Für ein Kleid.»

«Aha! Und sonst? Wie geht's?»

«Gut geht's», lachte ich. «Und dir? Hast du den Markttag gut überstanden?»

«Ja, ja. Hab ich. Sag mal», druckste Kalle herum. «Deine Freundin, Trudi ...»

«Ja?»

«Meinst du, sie ...?»

«Du willst wissen, ob sie dich mag?»

«Ja, genau. Weißt du, ich finde sie nämlich supernett.»

«Ich glaube, sie findet dich auch nett, aber besser ist, du findest es selbst heraus.» Ich brachte es nicht übers Herz, ihm zu sagen, dass Trudi Fisch hasste. «Ihr geht doch Eis essen, oder?»

«Meinst du, sie kommt?»

«Wenn sie sagt, sie kommt, dann kommt sie auch. Und weißt du was? Am Samstagabend feiert meine Mutter ihren Geburtstag. Bei uns im Garten. Mit Grillen und Würstchen und so. Sie hat gesagt, dass ich auch ein paar Freunde einladen darf. Trudi kommt. Also, wenn du Lust hast, bist du auch herzlich eingeladen.»

«Echt?» Kalle strahlte und fuhr verlegen mit der Hand durch seine braunen Wuschellocken.

«Klar. Ich freue mich, wenn du kommst. Um acht geht's los.»

«Ich komme! Auf jeden Fall!»

«Prima! Dann bis Samstag!», sagte ich und verabschiedete mich fröhlich.

Ich schwang mich auf mein Fahrrad und radelte nach Hause. Da überkam mich plötzlich das schlechte Gewissen. Was, wenn das Eisessen mit Kalle ein Desaster würde? Wenn Trudi mit Kalle überhaupt nichts anfangen konnte? Dann wäre sie sicher nicht sehr erbaut, dass ich ihn auch noch zu Mamas Geburtstag eingeladen hatte. Aber rückgängig machen war jetzt auch schwierig. Ich beschloss, es Trudi bei nächster Gelegenheit zu beichten.

8
birthdayparty

Es war Samstagvormittag. Wir hatten alle Hände voll zu tun, denn auf dem Markt war die Hölle los. Es war seit langem der erste Samstag, an dem Trudi und ich nicht selbst von Stand zu Stand schlenderten, sondern hinter einem Verkaufstisch standen. Arme Mama. Sie hatte heute Geburtstag und musste trotzdem alle Einkäufe selbst erledigen. Und das waren nicht gerade wenige, denn heute sollte ja die große Geburtstagsparty bei uns im Garten steigen. Zum Glück hatte Papa sich bereit erklärt, einige Salate zu machen und nachher auch das Grillen zu übernehmen.

Mein Kleid für Mama hatte ich gerade noch rechtzeitig fertigbekommen, und es war wirklich eine gelungene Überraschung gewesen. Sie hatte sich riesig gefreut und sogar ein bisschen vor Rührung geweint. Gerade hatte sie uns, voll bepackt mit Lebensmitteln und Blumen, an unserem Stand besucht. Doch lange konnte sie nicht bleiben, denn es gab noch viel vorzubereiten.

Und dann bekamen wir schon wieder Besuch. Antoine hatte sein Versprechen gehalten und tauchte, ähnlich bepackt wie Mama eben, an unserem Stand auf und überreichte mir feierlich ein kleines Lavendelsträußchen. Ich hielt es an meine Nase und sog die Luft ein. Mhmmm, wie das duftete.

«Ein kleiner Gruß aus meiner Heimat», grinste er und gab mir zur Begrüßung rechts und links ein Küsschen auf die Wange. Franzosen machen das so. Das wusste ich, denn früher hatten Mama, Papa und ich oft in der Provence Urlaub gemacht.

Wo ist deine Heimat? Provence?», fragte ich.

«Oui, Provence», nickte er. «Ich bin in einem kleinen Dorf in der Nähe von Avignon geboren.»

Ich hatte sofort ein Bild vor Augen, von diesem kleinen Dorf bei Avignon. Es war sicher wunderschön mit pastellfarben gestrichenen alten Häuschen, einem Platz mit einem Brunnen darauf und drum herum lauter leuchtend blaue duftende Lavendelfelder. Ich seufzte, und ganz kurz verfinsterte sich meine Miene, denn ich dachte daran, dass ich eigentlich mit Jonas in genau so einem Dorf hatte Urlaub machen wollen.

«Mathilda?»

Antoine riss mich aus meinen Gedanken.

«Alles in Ordnung?»

«Ja, alles in Ordnung», sagte ich schnell. Dann fiel mein Blick auf seine Einkäufe, die er in zwei riesigen Körben mit sich herumschleppte. «Und du? Erledigst du die Einkäufe für deine Mutter?»

«So ähnlich. Meine Eltern haben ein kleines französisches Restaurant in Nippes. Ich besorge die frischen Lebensmittel, die mein Vater zum Kochen braucht.»

«Mhmm, sieht lecker aus. Wo ist das Restaurant?»

«Auf dem Schillplatz», erwiderte Antoine. «Es heißt L'Auberge.»

«L'Auberge? Das kenne ich», mischte sich Trudi jetzt ein. «Das ist euer Restaurant? Mein Vater hat mich mal dahin zum Essen eingeladen. Es war köstlich.»

«Ja, mein Papa ist ein Gott am Herd. Ein Wunder, dass ich nicht schon dick bin wie ein Walross.»

«Ja, das ist wirklich ein Wunder», nickte Trudi. «Als ich dort gegessen habe, kam ich mir jedenfalls so vor wie ein Walross, weil es so lecker war, dass ich gar nicht mehr aufhören konnte.»

«Machst du immer die Einkäufe für deinen Vater?», wollte ich wissen.

«Nein, nur in den Ferien. Und samstags, wenn hier Markt ist.»

Ich nickte.

«Mathilda», sagte Antoine und sah mir plötzlich tief in die Augen.

«Ja?» Unverwandt sah ich zurück, doch lange konnte ich seinem eindringlichen Blick nicht standhalten. Deshalb wandte ich mich wieder meinen T-Shirts zu und begann verlegen, ein akkurat gefaltetes Shirt auseinanderzunehmen und neu zu falten. Ich spürte, dass ich jetzt etwas sagen müsste, aber ich wusste nicht, was.

«Mathilda!», sagte Antoine noch einmal, und ich blickte wieder auf.

Er drückte mir ein kleines zerknittertes Zettelchen in die Hand. «Rufst du mich an?», flüsterte er mir leise zu.

Ich warf einen Seitenblick auf Trudi, die so tat, als wäre sie gerade wahnsinnig mit den Kopftüchern beschäftigt. Dann sah ich Antoine an. «Peut-être», lächelte ich und war unglaublich stolz, dass mir im richtigen Moment das französische Wort für «vielleicht» eingefallen war. Hatte der Französischunterricht bei dem unausstehlichen Monsieur Leroc doch noch was gebracht.

Antoine nickte. Dann verteilte er schnell vier Küsschen gleichmäßig auf Trudis und meine Wangen und verschwand. Ich öffnete meine Faust, in der sich das zerknitterte Stückchen Papier befand, das Antoine mir gerade zugesteckt hatte. Ich strich es glatt und las es. *Was machst du heute Abend?* stand da in krakeliger Jungenschrift. *Ruf mich an, belle Mademoiselle.* Und dann hatte er seine Handynummer daruntergekritzelt.

Stumm reichte ich den Zettel an Trudi weiter. «Belle Mademoiselle! Ist das romantisch!», rief sie. «Und? Rufst du ihn an?»

«Heute Abend kann ich doch sowieso nicht. Da ist doch Mamas Geburtstagsparty!»

«Na und? Lad ihn ein!»

«Apropos einladen!», sagte ich plötzlich schuldbewusst. «Es gibt noch jemanden, den ich eingeladen habe.»

Verwirrt schaute Trudi mich an. «Nämlich?»

Stumm zeigte ich mit dem Kinn rüber zum Fischstand.

«Du hast Kalle eingeladen?», rief Trudi empört. «Bist du verrückt?»

«Na ja, ich habe ihn zufällig vorm Stoffgeschäft getroffen, und da dachte ich, wenn euer Eisessen heute Nachmittag nett wird, dann wäre es doch schön, wenn er heute Abend ...»

«Und wenn's nicht nett wird?»

«Na, dann wird er wahrscheinlich auch keine Lust haben, heute Abend zu kommen.»

«Dein Wort in Gottes Ohr», erwiderte Trudi trocken.

«Ich hab übrigens nichts gerochen.»

«Hä?»

«Na ja, ich bin quasi mit der Nase in ihn reingerannt, als ich aus dem Stoffgeschäft kam. Und da hab ich nichts gerochen. Also nichts, was an Fisch erinnerte», erklärte ich.

«Willst du mich verkuppeln?»

«Nein, ich finde ihn nur so süß schüchtern. Und diese Locken und die tollen blauen Augen finde ich auch süß. Und eigentlich ist er doch genau dein Typ. Und nur, weil er ab und zu mal im Fischstand aushilft …»

«Mathilda!», unterbrach mich Trudi entnervt.

«Ja, ja, schon gut. Ich sag nichts mehr!»

«Mensch, da habt ihr wirklich ganze Arbeit geleistet», sagte Trudi anerkennend, als sie ihren Blick durch unseren Garten schweifen ließ.

Sie hatte recht. Mama und ich hatten den ganzen Nachmittag geschuftet, um unseren verwilderten alten Garten auf Vordermann zu bringen. Wir hatten Unkraut gejätet und den Rasen gemäht, was, nebenbei bemerkt, dringend nötig gewesen war. Danach hatten wir unsere uralten, von Opa geerbten Biertische und -bänke aus dem Keller geschleppt und sie unter die große alte Linde platziert, die mitten in unserem Garten stand und uns im Sommer wohltuenden Schatten spendete. Die Tische hatten wir mit selbstgenähten weißen Hussen und bunten Windlichtern versehen, und wir hofften, dass so niemand merkte, wie es wirklich um sie stand.

Dann hatte ich unter Einsatz meines Lebens Lampionlichterketten in die Bäume gehängt, und Mama hatte jede Menge Fackeln in die Blumenbeete rund um unseren Rasen gesteckt. Sobald die Dunkelheit einbrach, würden wir all unsere Windlichter, Lampions und Fackeln anzünden, und darauf freute ich mich jetzt schon.

Während Mama und ich uns im Garten verausgabt hatten, hatte Papa sich in der Küche verwirklicht. Gerade schleppte er riesige Schüsseln mit Salaten, Dips und eingelegtem Fleisch nach draußen.

«Apropos», sagte ich plötzlich, als ich sah, dass er gerade dabei war, eine Platte mit Lachscanapés auf dem Buffettisch zu arrangieren. «Wie war's denn überhaupt?» Vor lauter Partyvorbereitung hatte ich Trudis Date mit Kalle völlig vergessen.

«Wie war was?»

«Na was schon? Das Eisessen mit Kalle!»

«Ach so. Nett.»

«Wie nett?»

«Na ja, ganz nett halt», erwiderte Trudi wortkarg.

«Das ist alles?»

«Na ja, wir haben uns nett unterhalten, über Schule und Lehrer und so.»

«Auch über Fisch?», fragte ich vorsichtig.

«Nee, das Thema haben wir ausgespart.»

«Und wie hat er so …»

«Du meinst gerochen?»

«Ja, genau.»

«Nach Hugo.»

«Hugo?»

«Ja, Hugo Boss!»

«Mhmm, lecker. Und sonst nach nichts?»

«Nö. Na ja, irgendwann auch nach Schokoladeneis.»

«Hast du ihn etwa geküsst?», fragte ich fassungslos.

«Natürlich nicht!», erwiderte sie empört.

«Aber wenn du das Schokoladeneis gerochen hast, dann seid ihr euch anscheinend ziemlich nahegekommen.»

«Ja. Stimmt!»

«Was heißt ‹stimmt›?», rief ich verzweifelt.

«Stimmt heißt stimmt», erwiderte Trudi geheimnisvoll, und mehr war absolut nicht aus ihr herauszukriegen.

«Soll ich wirklich?» Zum zwanzigsten Mal stupste ich Trudi nun schon in die Seite, während ich abwechselnd auf mein Handy und Antoines krakeligen Zettel blickte.

«Jetzt mach schon!» Entnervt rollte Trudi ihre Augen gen Himmel.

«Ich weiß nicht. Vielleicht versteht er es falsch, wenn ich ihn zum Geburtstag meiner Mutter einlade. Das ist ja fast wie ein Heiratsantrag. Und bestimmt hat er Besseres zu tun, als zu einem einundvierzigsten Geburtstag zu gehen.»

«Das ist kein gewöhnlicher einundvierzigster Geburtstag. Es ist der einundvierzigste Geburtstag deiner Mutter. Und da deine Mutter nun mal ziemlich cool ist, ist ihre Party auch cool.»

«Ist sie das?»

«Hallo? Unsere halbe Klasse ist da, Daniel macht Musik, und deine Lampions sind der Hammer. Also: Wo ist das Problem?»

Trudi hatte recht. Es war wirklich eine tolle Party, und Daniel machte einen guten Job. Er war in unserer Klasse, hatte bis jetzt auf jeder Mittelstufenparty aufgelegt und mit seiner Musik immer für Superstimmung gesorgt. Deshalb hatte ich Mama vorgeschlagen, ihn für heute Abend zu engagieren. Sie hatte sofort zugestimmt, und wie es aussah, war es eine gute Entscheidung gewesen.

Inzwischen war es dunkel geworden, und Mama und ich hatten all unsere Fackeln, Windlichter und Lampions angezündet. Das sah richtig romantisch aus. Es war ziemlich voll geworden. Ich schätzte, dass mindestens achtzig Leute da waren. Mama hatte großzügig eingeladen. Die Gäste hatten es sich schmecken lassen, und nun begann Daniel langsam, musikmäßig richtig aufzudrehen. Und als die «Black Eyed Peas» ihr «I've gotta Feeling» in unseren Garten hineinschmetterten, da war kein Halten mehr. Jung und Alt stürmten auf die provisorische Tanzfläche mitten auf dem Rasen und tanzten ausgelassen zur Musik. Inzwischen war sogar Kalle gekommen, und als ich sah, dass er Trudi an die Hand nahm und sie lachend in Richtung Tanzfläche zog, gab ich mir endlich einen Ruck und schickte eine SMS an Antoine. «Bin auf unserer eigenen Party», schrieb ich. «Du bist herzlich eingeladen.» Dann simste ich noch unsere Adresse hinterher, und obwohl ich ein mulmiges Gefühl hatte, hoffte ich doch irgendwie, dass er kommen würde.

Er kam. Ich hatte mich gerade an einen Stehtisch gestellt und mümmelte am Strohhalm meiner Fassbrause, als er plötzlich vor mir stand und mir einen bunten Strauß Blumen entgegenhielt. Er grinste mich an und sah unverschämt gut aus. Ich nahm den Strauß und grinste verlegen zurück.

«Coole Party», sagte er. «Hast du Geburtstag?»

«Nein, meine Mutter!»

«Oh, deine Mutter.» Ich sah, dass er nervös wurde. «Wo ist deine Mutter?»

«Da vorne!» Ich deutete auf die Tanzfläche. «Die Frau mit dem bunten Hippiekleid!»

«Die da? Sie sieht aus wie deine Schwester!»

«Sag ihr das bloß nicht», erwiderte ich trocken. «Sonst bildet sie sich noch was drauf ein.»

Ich sah, dass Mama gerade die Tanzfläche verließ und mit meinem Walle-Walle-Kleid in Richtung Buffet schwebte. Ich hatte mal gelesen, dass Frauen im Alter von einundvierzig auf dem Zenit ihrer Schönheit sind. Wenn ich meine Mutter so betrachtete, würde ich sagen, es stimmte. Sie sah einfach umwerfend aus.

«Wie 'eißt ihr mit Nachnamen?», fragte Antoine schnell. Wenn er aufgeregt war, wurde sein Akzent stärker, stellte ich amüsiert fest. Wie süß!

«Hensen. Wieso?»

«Pardon», sagte er und schnappte sich den Blumenstrauß aus meiner Hand. «Du kriegst einen neuen. Versprochen!», sagte er schnell.

Ich blickte fassungslos auf meine leeren Hände und dann wieder zu Antoine. Er hielt bereits mit großen Schritten auf

Mama zu. Den Blumenstrauß trug er wie eine Fackel vor sich her.

«Frau Ensen! Frau EEEEnsen!», rief er.

Meine Mutter fühlte sich erst beim zweiten Ensen angesprochen und drehte sich zu Antoine um. Der drückte ihr meinen Blumenstrauß in die Hand, lächelte charmant und umklammerte ihre noch freie Hand mit beiden Händen. «Ich 'eiße Antoine! Ich bin eine Freundin von Mathilda», sagte er überschwänglich und gestikulierte wild in meine Richtung. «Mathilda 'at mich eingeladen zu Ihrem Geburtstag, und, Frau Ensen, ich möchte Ihnen ganz 'erzlich gratulieren zu Ihrem … äh … Dreißigsten?»

Mama lachte, ließ den Dreißigsten einfach mal so stehen und bedankte sich herzlich für die Blumen.

Ich schüttelte lächelnd den Kopf. Er war verrückt, dieser Antoine. Aber eins musste man ihm lassen: Manieren hatte er. Und Mütter um den Finger wickeln konnte er auch. Ich musste kein Prophet sein, um zu wissen, dass Mama bereits jetzt hoffnungslos seinem Charme erlegen war. Und ich wusste auch, dass sie mir ab jetzt keine Ruhe mehr lassen würde, bis sie alles in Erfahrung gebracht hatte über diesen Franzosen namens Antoine. Woher ich ihn kannte, warum ich ihn eingeladen hatte und ob ich in ihn verliebt war. Oh, es würde fürchterlich werden. Sie würde mich ausquetschen wie eine überreife Zitrone. Aber so war Mama nun mal: verrückt, chaotisch und wahnsinnig neugierig.

«Sie ist toll», schwärmte Antoine, als er zu mir zurückkam. «Und sie sieht umwerfend aus.»

Überrascht stellte ich fest, dass ich fast ein bisschen eifersüchtig war, als Antoine das sagte. Doch dann hatte er nur noch Augen für mich, und wir hatten eine Menge Spaß zusammen. Wir stürmten das Buffet, lästerten über die arroganten Nachbarn aus der Parallelstraße und tanzten ausgelassen zu Lady Gaga und Katy Perry.

Auch Trudi und Kalle amüsierten sich köstlich, und das Problem mit dem Fisch hatte sich offenbar wirklich erledigt. Ich beobachtete einige Male, dass Trudi sich mehr oder weniger zufällig an Kalles Brust schmiegte und dabei nicht angewidert das Gesicht verzog. Im Gegenteil: Sie genoss augenscheinlich seine Nähe und vermutlich auch den Duft von Hugo. Und überhaupt: Das mit dem Zufällig-an-die-Brust-Schmiegen fand ich eine gute Idee, und so beschloss ich, das auch mal auszuprobieren. Doch als ich gerade ganz nah bei Antoine stand, torkelte plötzlich unsere eigentlich völlig spaßfreie Nachbarin Irmgard Vogt auf mich zu, stolperte über eine Baumwurzel und fiel mitten in mich hinein. Ich wiederum fiel mitten in Antoine hinein, der sich gerade eine große Cola geholt hatte, die sich jetzt gleichmäßig über sein blütenweißes T-Shirt ergoss. Frau Vogt rappelte sich wieder auf, lallte irgendetwas, das nur sie verstand, und torkelte unbeirrt weiter in die Richtung, in der sie die Theke vermutete. Antoine reichte mir seine Hand und half mir aufzustehen. Ungläubig sah ich der Frau, die Mama und ich heimlich nur «Motzgesicht» nannten, hinterher. Heute hatte sie anscheinend richtig einen über den Durst getrunken und dabei vollkommen die Contenance verloren. Immerhin schien sie das erste Mal in ihrem Leben richtig Spaß zu haben, und mit geschätzten drei Komma acht Promille sah ihr Motzgesicht auch gar nicht mehr so motzig aus wie sonst. «Ma ma Platz da, Alder», hörte ich sie lallen, und mein Vater sprang erschrocken zur Seite. Da war es endgültig um Antoine und mich geschehen. Wie auf Kommando prusteten wir gleichzeitig los und konnten gar nicht mehr aufhören zu lachen. Und dann stand plötzlich auch noch Mama neben uns und lachte mit ihrer ansteckenden Lache so laut, dass sie damit sogar die Musik übertönte. Dass ausgerechnet die sonst so perfekte, schmallippige, stets schlecht aufgelegte Frau Vogt hier für so viel gute Stimmung sorgte, war aber auch zu komisch. Diese Geschichte würde sie hier in der Nachbarschaft bis an ihr Lebensende verfolgen, so viel war klar.

Nachdem wir uns wieder einigermaßen im Griff hatten, zog ich Antoine mit ins Haus.

«Was hast du vor?», rief Antoine.

«Dich auszuziehen», erwiderte ich fröhlich und deutete auf sein durchnässtes Cola-T-Shirt.

«Oh, là, là!»

Ich schleifte ihn in mein Nähzimmer und deutete auf sein Shirt. «Ausziehen!», befahl ich.

«Nichts lieber als das, Chefin», grinste er.

Ich wurde rot und begann, geschäftig in dem Regal an der Wand herumzuwühlen. Schließlich förderte ich das fliederfarbene T-Shirt mit dem weißen Stern in M zutage, das er auf dem Markt so cool gefunden hatte.

Als ich mich wieder zu Antoine umdrehte, saß er bereits mit nacktem Oberkörper auf Henriettes Sofa, und mir wurde fast ein bisschen schwindelig bei seinem Anblick.

Den Waschbrettbauch, den ich schon im Eiscafé unter seinem T-Shirt vermutet hatte, gab es wirklich, und er war absolut konkurrenzfähig mit dem von Robert Pattinson in «New Moon». Ich warf ihm das Sternenshirt zu und sagte: «Anziehen! Schnell!»

«Och, schade!», maulte er und blinzelte mir schelmisch zu. Dann schlüpfte er schnell in mein T-Shirt und sah zufrieden an sich runter. «Darf ich es behalten?»

«Wenn du dich gut benimmst, vielleicht», grinste ich.

Ich hängte sein nasses Cola-Shirt über die Heizung. Dann reichte ich ihm meine Hand, um ihn hochzuziehen. Doch er war stärker, und plötzlich landete ich neben ihm auf dem Sofa.

«Mathilda», sagte er, und er sprach es wieder wunderschön französisch aus. «Du bist ein tolles Mädchen.» Er legte seinen Arm um mich, und ich schmiegte mich an ihn. Es fühlte sich toll an. Warm, gemütlich und irgendwie ... richtig.

«Mathilda?», sagte er leise.

Ich sah ihn an. Sein Gesicht kam näher, er schloss die Augen, und dann berührten seine Lippen meine Lippen.

Ich weiß nicht, warum, doch genau in diesem Augenblick schoss aus dem Nichts plötzlich Jonas in meinen Kopf. Ich sprang auf und hörte mich «Ich kann nicht!» rufen. Ich lief zur Tür.

«Warte, Mathilda!», rief Antoine und stürzte hinter mir her. «Das ging dir zu schnell, stimmt's?»

Ich nickte. «Bist du sauer?»

«Sauer? Ich?» Antoine sah mich entsetzt an. «Ich habe

keinen Grund, sauer zu sein. Aber sag mir nur eins: Magst du mich?»

Ich dachte einen kurzen Augenblick nach. Dann beschloss ich, ihm reinen Wein einzuschenken. «Ja, Antoine, ich mag dich», sagte ich. «Sehr sogar. Aber es gibt da jemanden, mit dem ich noch nicht ganz fertig bin. Und solange das so ist, kann ich mich nicht verlieben.»

Antoine nickte. «Ich verstehe», sagte er, und es klang ein bisschen traurig. «Lohnt es sich, zu warten?»

Ich sah ihm tief in seine Bernsteinaugen. Er war so hübsch, verständnisvoll, nett und witzig. Er war einfach perfekt. «Ja», sagte ich. «Es lohnt sich.»

9
böser verdacht

Obwohl am Montagmorgen immer noch eine ordentliche Party-Restmüdigkeit in uns steckte, waren Trudi und ich gut in Form. Wir waren früh aufgestanden, um pünktlich wie die Maurer samt Stand auf dem Markt zu stehen. Und nun priesen wir schon seit mehr als zwei Stunden lautstark unsere Ware an. Die Geschäfte liefen wieder mal gut. Es war noch nicht mal zehn Uhr, da hatte ich schon eines meiner teuersten Teile verkauft: ein buntes Sommerkleid aus echter Seide. Eine Frau in Mamas Alter hatte sich auf Anhieb darin verliebt und mir, ohne mit der Wimper zu zucken, die 100 Euro, die auf dem Preisschild standen, hingeblättert. Trudi und ich waren in Hochstimmung.

Irgendwann kam Kalle kurz rüber, und ich stellte zufrieden fest, dass sowohl ihm als auch Trudi eine leichte Röte ins Gesicht schoss, als sie sich schüchtern begrüßten. Ich musste grinsen. Die beiden waren so süß zusammen. Und sie hatten sich geküsst – am Samstag auf der Party. Trudi hatte es mir erzählt.

Und dann kam auch Antoine vorbei – wie immer vollbeladen mit zwei Körben für das L'Auberge. Viel Zeit zu quatschen hatten wir nicht, denn die nächsten Kunden warteten schon, und Antoine hatte es auch eilig. Wir verabredeten, später zu telefonieren.

Natürlich hatte ich Trudi längst haarklein von Antoine und mir und dem verunglückten Kuss auf Henriettes Sofa berichtet, und Trudi fand, dass es genau richtig war, wie ich mich verhalten hatte. «Nichts überstürzen», hatte sie gesagt. «Obwohl küssen echt Spaß macht», hatte sie grinsend hinzugefügt.

«Ich weiß», hatte ich seufzend erwidert. «Meinst du, Antoine kann warten?»

«Ja, auf dich wird er warten!», hatte sie geantwortet.

Für den Nachmittag hatte sich Trudi mit unserer Klassenkameradin Greta zum Shoppen verabredet. Ich wollte lieber daheimbleiben, noch ein wenig nähen und mich danach ausruhen. Als ich nach Hause kam, stand Mama am Herd und kochte. Ich schnupperte in die Luft wie ein Hund, der die Fährte aufnahm. «Hmmm, riecht wie mein Lieblingsessen!»

«Richtig gerochen», lachte Mama. «Spaghetti bolognese. Ich dachte, das haben wir uns beide verdient. Wie lief es denn heute?»

«Gut lief es. Ich habe das teure Seidenkleid verkauft. Und noch eine ganze Menge anderer Sachen.»

«Das klingt gut. Und wie viel habt ihr eingenommen?»

Ich zuckte mit den Schultern. «Wir haben noch nicht gezählt. Aber ich schau gleich mal nach.»

Ich stellte die Geldschatulle, die ich die ganze Zeit unter dem Arm getragen hatte, auf den Tisch, angelte den Schlüssel dafür aus meiner Hosentasche und öffnete sie.

«Oh nein!», rief ich und wurde blass.

«Was denn? So viel?»

«Nein. Es ist weg!»

«Was ist weg?»

«Fast das ganze Geld!»

Entsetzt starrte ich auf die vier oder fünf kleinen Scheine, die sich einsam auf dem Boden der Schatulle tummelten.

«Waas?», rief Mama. «Was soll das heißen, weg?»

«Na ja, es waren sicher ein paar hundert Euro drin, und jetzt ist fast alles weg.»

«Bestimmt hat Trudi das Geld an sich genommen, damit es in Sicherheit ist.»

«Nein, das hätte sie mir gesagt. Und sie hat das auch noch nie gemacht. Es muss jemand rausgeklaut haben!»

«Habt ihr denn nicht aufgepasst?»

«Doch, eigentlich schon», sagte ich kleinlaut, denn ich hatte die Schatulle nicht immer abgeschlossen. Es war mir am Ende lästig geworden. Aber eigentlich hatte ich die Kasse doch immer im Blick gehabt, wenn sie offen herumstand. Ich konnte mir das nicht erklären. Der Appetit auf Spaghetti bolognese war mir vergangen. Ich schnappte mir das Telefon und rief als Erstes Trudi an, um ihr die Hiobsbotschaft zu überbringen.

«Alles weg?», rief Trudi nicht minder entsetzt in den Hörer, als ich ihr erzählte, was vorgefallen war.

«Wie konnte das passieren?»

Auch Trudi konnte sich nicht erklären, wo das Geld geblieben war. Sie versprach, Kalle anzurufen, um ihn zu fragen, ob er von seinem Stand aus etwas Ungewöhnliches bemerkt hatte, und wir beschlossen, auch die Marktverkäufer der anderen Nachbarstände bei nächster Gelegenheit zu befragen. Es war nur ein kleiner Strohhalm, an den wir uns klammerten, aber besser als nichts. Manchmal geschehen Wunder, und warum sollten wir nicht Glück haben?

Am Mittwoch war wieder Markt, und Trudi und ich verhörten sämtliche umstehenden Händler, doch keiner hatte etwas Ungewöhnliches bemerkt. Na ja, kein Wunder. Schließlich war am Montag eine Menge los gewesen, und nicht nur wir hatten alle Hände voll zu tun gehabt. «Müssen wir den Verlust heute und Freitag eben wieder reinholen», seufzte Trudi und schlüpfte aus ihrer nagelneuen Lederjacke.

«Was ist das eigentlich für eine Jacke?», fragte ich.

«Hab ich mir gestern gekauft», sagte Trudi und reichte mir stolz das gute Stück.

Ich nahm sie, befühlte das weiche braune Leder und roch daran. «Die ist wunderschön. War bestimmt teuer.»

«Hat ein Vermögen gekostet. Mama hat sie mir spendiert.»

Ich runzelte die Stirn, und langsam keimte ein sehr unschöner Gedanke in meinem Kopf. Trudis Mutter war alleinerziehend und eigentlich notorisch pleite. Dass sie ihrer Trudi eine so teure Jacke spendierte, war seltsam. «Echt?», fragte ich ungläubig.

«Ja, stell dir vor», sagte Trudi fröhlich. «Einfach so. Ist das nicht toll?»

Sie nahm ihre Jacke zurück und legte sie behutsam in einen Korb unter unserem Verkaufstisch.

«Ja, toll.»

«Na los, Mathilda. Wir machen es wie am Montag und preisen unsere Sachen an. Schließlich müssen wir den ganzen Verlust wieder reinholen.»

Wie konnte Trudi nur einfach so zur Tagesordnung übergehen? Ich spürte, wie sich Ärger in mir breitmachte. Sie wusste doch, wie viel Arbeit es war, die ganzen Sachen zu nähen! Und das schöne Seidenkleid. Allein der Stoff hatte schon ein Vermögen gekostet. Mir war die Lust vergangen, hier den Marktschreier zu mimen. Und Trudi tat so, als wäre nichts geschehen. Merkwürdig. Ich warf noch einmal einen Blick auf die wunderschöne Lederjacke, die da im Korb friedlich vor sich hin duftete. Von wegen «duftete», dachte ich plötzlich. Das stank doch, und zwar zum Himmel. Je länger ich darüber nachdachte, desto klarer formte sich ein Gedanke in meinem Kopf. Hatte Trudi etwa …?

«Guck mal!» Trudi hielt eines meiner lilafarbenen bedruckten T-Shirts hoch. «Das würde super zu meiner neuen Jeans passen.»

«Welche neue Jeans?», presste ich hervor.

«Hab ich mir gestern auch noch gekauft. Die war so cool, da konnte ich einfach nicht dran vorbeigehen!»

«Ach, und an unseren Einnahmen am Montag wohl auch nicht, was?», hörte ich mich plötzlich sagen.

«Was??» Trudi starrte mich entgeistert an.

In diesem Moment bereute ich bereits, dass ich ausgesprochen hatte, was ich dachte.

«Verstehe ich das richtig? Du denkst, ich hätte das Geld genommen?», presste Trudi entsetzt hervor.

«Na ja, die teure Lederjacke und dann auch noch 'ne Jeans ...»

«Sag mal, spinnst du? Das traust du mir zu? Dass ich unser hartverdientes Geld aus der Kasse klaue? Mir, deiner besten Freundin? Das kann nicht dein Ernst sein!» Sie beugte sich runter, um ihre Lederjacke aus dem Korb zu fischen. Als sie wieder hochkam, sah ich, dass ihr Tränen über das Gesicht rannen. In diesem Moment wusste ich, dass ich falschgelegen hatte. Ich dumme Kuh. Wie konnte ich der lieben, guten Trudi, die immer für mich da war, so etwas zutrauen? Ich hätte mich ohrfeigen können.

«Trudi!», sagte ich leise. «Es war nicht so gemeint. Es ist mir rausgerutscht. Natürlich glaube ich nicht, dass du ...»

Doch Trudi hörte mir gar nicht mehr zu. Sie schlüpfte in ihre Lederjacke, schnappte sich ihre Handtasche und rannte davon.

«Truuudi!», schrie ich verzweifelt und rannte ihr hinterher. Doch sie war schneller als ich, und ich konnte den Stand nicht allein lassen. So kehrte ich um, stellte mich hinter den Verkaufstisch und kämpfte mit den Tränen.

Ich weiß nicht, wie lange ich dagestanden und düster vor mich hingestarrt hatte, als ich plötzlich spürte, dass jemand einen Arm um mich legte. Als ich aufblickte, sah ich, dass es Antoine war. «Was ist los?», fragte er. «Du siehst traurig aus.»

Und dann erzählte ich ihm, was geschehen war. Er tröstete mich und baute mich, so gut es ging, wieder auf. «Du gehst gleich zu ihr», riet er mir. «Und dann entschuldigst du dich bei ihr und erklärst ihr noch einmal ganz in Ruhe, dass es dir nur so rausgerutscht ist. Im Affekt sozusagen.»

«So war es ja auch!», schluchzte ich.

«Eben. Und das wird sie verstehen. Da bin ich mir sicher!»

«Ist was passiert?», fragte da plötzlich jemand. Ich schaute auf und sah, dass Kalle zu uns rübergekommen war. Er hatte uns von seinem Fischstand aus gesehen und wollte hören, was los war. Also erzählte ich noch einmal die ganze Geschichte. Auch Kalle war sich sicher, dass Trudi sich bestimmt wieder beruhigen würde, und da ging es mir langsam ein bisschen besser. Trotzdem wollte ich heute nicht mehr verkaufen. Ohne Trudi machte das sowieso keinen Spaß. Kalle sagte seiner Kollegin am Fischstand Bescheid, und dann halfen er und Antoine mir, meinen ganzen Stand abzubauen und nach Hause zu transportieren.

Als wir damit fertig waren, verabschiedete ich mich bei den beiden Jungs und ging hinauf in mein Zimmer. Mama war nicht da. Sie wollte sich mit einer Freundin zum Kaffeetrinken treffen. Ich war ganz froh darüber, denn eigentlich wollte ich jetzt nur noch allein sein und nachdenken.

Doch aus dem Nachdenken wurde nichts, denn als ich allein war, liefen mir die Tränen wie Sturzbäche das Gesicht hinunter. Ich warf mich bäuchlings auf mein ungemachtes Bett und weinte und weinte.

Ich weiß nicht, wie lange ich so dalag, doch irgendwann waren keine Tränen mehr da, und ich richtete mich auf. In diesem Moment schellte es an der Haustür. Wie von der Tarantel gestochen sprang ich auf und rannte die Treppe hinunter. Ich war mir sicher, dass es Trudi war. Bestimmt wollte sie sich wieder mit mir vertragen, und genau das war es, was ich auch wollte, und zwar im Moment mehr als alles andere auf der Welt. Ich wischte mir noch schnell einen Tränenrest aus den Augenwinkeln und öffnete dann lächelnd die Tür. Doch mein Lächeln erstarb, denn nicht Trudi stand da vor mir, sondern Henriette.

«Du hast wohl jemand anderen erwartet.»

Ich nickte. «Du darfst trotzdem reinkommen», erklärte ich großzügig.

«Nett von dir.» Henriette ging schnurstracks in die Küche und setzte sich an den Tisch.

Ich stapfte ihr hinterher und setzte mich seufzend ihr gegenüber. Eigentlich war es mir gar nicht recht, dass ausgerechnet Henriette jetzt hier hereinschneite. Ich wusste, dass es für sie ein Leichtes sein würde zu erraten, dass mit mir etwas nicht stimmte. Und ich wusste, dass sie nicht lockerlassen würde, bis sie wusste, was es war.

«Mama ist nicht da!», sagte ich mürrisch, in der leisen Hoffnung, dass sie vielleicht unverrichteter Dinge wieder gehen würde. Sie sah mir prüfend ins Gesicht. «Was ist los, mein Kind?»

Wusste ich's doch. Ich beschloss, es gar nicht erst mit Leugnen zu versuchen. Es würde sowieso zwecklos sein. Also erzählte ich ihr die ganze Geschichte mit dem geklauten Geld vom Markt, mit unserem Verhör und dass ich am Ende Trudi verdächtigt hatte und sie weinend davongerannt war.

«Oh Mathilda!» Henriette blickte mich entsetzt an.

«Du hast Trudi verdächtigt, dass sie in die Kasse gegriffen hat?»

Ich nickte betreten.

«Trudi ist das ehrlichste Mädchen, das ich kenne, Mathilda!»

«Ja, ich weiß», schniefte ich, und ich spürte, dass ich schon wieder neue Tränen hatte, die rauswollten. «Ich hab das ja auch nur ganz kurz gedacht. Wegen der Lederjacke und der Jeans. Und sie war so fröhlich und hat einfach so weitergemacht, als wäre nichts gewesen. Das fand ich irgendwie merkwürdig.»

«Ihr war klar, dass ihr das Geld nicht wiederbekommen würdet, und deshalb wollte sie das Beste aus der Situation machen.»

«Ja, das weiß ich jetzt auch.»

«Mathilda, du darfst keine Zeit verlieren.»

«Ich weiß. Ich rufe sie jetzt an.»

«Nein, du gehst direkt zu ihr. Sicher liegt sie jetzt auch in ihrem Zimmer und weint sich die Augen aus dem Kopf.»

Ich dachte daran, wie ich mich eben gefreut hatte, als es geklingelt hatte, weil ich dachte, es sei Trudi. «Du hast recht, Henriette», sagte ich. «Ich gehe zu ihr. Jetzt sofort. Und dann werde ich ihr alles in Ruhe erklären und mich entschuldigen.»

«Mach das», sagte Henriette und stand auf. «Ich wünsche dir viel Glück.»

Ich trat nervös von einem Bein auf das andere. Ich hatte bereits das dritte Mal geklingelt, doch es öffnete niemand.

Schien so, als sei Trudi gar nicht zu Hause. Ich wollte gerade gehen, da hörte ich doch jemanden die Treppe herunterstampfen. Die Haustür öffnete sich, und dann stand Trudi plötzlich vor mir. Sie sah grauenhaft aus. Ihr Gesicht war mindestens genauso verheult wie meines, und die Haare standen ihr wirr vom Kopf.

«Trudi», begann ich unsicher und ging auf sie zu.

«Was willst du?», zischte sie und blitzte mich wütend an.

Man brauchte nicht besonders sensibel zu sein, um zu begreifen, dass Trudi alles andere als erfreut war, mich zu sehen.

«Es tut mir leid», sagte ich schnell. «Ich habe es nicht so gemeint. Ehrlich nicht.» Es klang fast flehentlich.

«Du hast es nicht so gemeint? Warum hast du es dann gesagt?»

«Es ist mir rausgerutscht, das hab ich doch schon gesagt.»

«So etwas rutscht einem nicht einfach so raus. Weißt du, was du bist, Mathilda?»

«Was denn?», fragte ich ängstlich.

«Du bist für mich gestorben.»

«Aber Trudi», flüsterte ich entsetzt. «Das meinst du doch nicht so, oder?»

«Oh doch, das meine ich so. Und jetzt hau ab. Du verschwendest meine Zeit!»

«Und unser Urlaub? Was wird aus unserem Urlaub?»

Trudi lachte bitter auf. «Du glaubst doch wohl nicht ernsthaft, dass ich noch mit dir in den Urlaub fahre.»

«Aber die ganze Arbeit. Das Geld, das wir so mühselig verdient haben. Du kannst doch nicht einfach alles abblasen!»

«Kann ich nicht?», erwiderte sie verächtlich. «Das wirst du ja sehen, ob ich das kann.» Mit diesen Worten schlug sie die Tür mit voller Wucht vor meiner Nase zu. Buff! Das war eindeutig. Ich stand da wie gelähmt und starrte wie ein hypnotisiertes Kaninchen auf die dunkelgrün gestrichene Haustür, als könnte man sie so dazu bewegen, dass sie sich wieder öffnete.

Ich hatte Trudi noch nie so erlebt. Natürlich hatten wir uns auch früher schon gestritten, aber wir waren uns nie lange böse gewesen. Das hier war etwas anderes. Trudi war nicht nur einfach sauer. Sie war so verletzt, dass sie mir die Freundschaft gekündigt hatte. Es dauerte einige Sekunden, bis ich das begriff. Und dann wurde mir plötzlich heiß und kalt. Meine beste Freundin war nicht mehr meine beste Freundin, dachte ich voller Panik. Das konnte nicht sein. Das durfte nicht sein. Ich beschloss, mich hier nicht eher vom Fleck zu bewegen, bis alles wieder gut war. Und so begann ich, den Klingelknopf zu malträtieren, bis mein Zeigefinger schmerzte. Dingdongdingdongdingdong hörte ich die Klingel von innen läuten, doch Trudi rührte sich nicht. «Truuuudiiii!», rief ich. «Bitte, komm runter!» Doch Trudi kam nicht runter. Von oben rief sie wütend: «Hau ab!»

Doch so schnell wollte ich nicht aufgeben. Ich haute nicht ab. Ich ging ein Stück zurück, und blickte zu dem Fenster, an dem Trudi eben noch gestanden hatte.

«Trudi, bitte. Lass mich dir doch alles erkl…»

«Klaaaatsch!» machte es da plötzlich, und dann war ich von einer Sekunde auf die nächste pitschnass. Erschrocken und verwirrt blickte ich an mir hinunter und dann wieder hinauf. Da stand Trudi am Fenster, mit einem Eimer in der Hand.

Ich fasste es nicht. Sie hatte mich tatsächlich mit Wasser übergossen, um mich zu verscheuchen wie einen räudigen Straßenköter.

«Sag mal, spinnst du?», schrie ich hoch. «Was fällt dir ein, mich so zu behandeln?» Ich schüttelte mich, wie es jener räudige Straßenköter in meiner Situation auch getan hätte, und dann stieg langsam richtige Wut in mir hoch. Ich hatte einen Fehler gemacht, okay. Aber das hier war zu viel!

«Du kannst mich mal!», schrie ich hoch und hoffte inständig, das keiner der Nachbarn diese Szene beobachtet hatte. «Du blöde Kuh!», rief ich noch hinterher, doch Trudi ließ sich nicht mehr blicken. «Blöde feige Kuh!», setzte ich noch einen drauf. Dann schwang ich mich auf mein Fahrrad und fuhr pitschnass, frierend und stinksauer nach Hause.

«Wie siehst du denn aus?», rief Mama erschrocken, als ich tropfnass die Küche betrat.

«Wie war dein Kaffeetrinken mit Inga?»

«Gut», sagte Mama. «Und wie war dein Tag auf dem Markt?» Stirnrunzelnd betrachtete sie die Wasserlache, die sich gerade um mich herum auf den Steinfliesen ausbreitete.

«Toll», erwiderte ich sarkastisch. «Hätte nicht besser laufen können!»

Nachdem ich wieder trocken war, erzählte ich haarklein, was passiert war. Das mit dem Eimer Wasser fand Mama «grenzwertig», aber sie hatte auch Verständnis, dass Trudi so reagiert hatte. «Wie konntest du nur eine Sekunde denken, dass die gute Trudi das Geld genommen hat?», fragte sie kopfschüttelnd.

«Na ja, die Lederjacke. Trudis Mama hat ihr doch noch nie so was Teures spendiert.»

«Trudis Mama hat einen neuen Job. Wusstest du das nicht?»

«Doch, wusste ich.»

«Da verdient sie nicht schlecht, und weil Trudi bislang immer zurückstecken musste, hat sie ihr von ihrem ersten Gehalt die Jacke spendiert.»

«Woher weißt du das?», fragte ich überrascht.

«Von Trudis Mutter. Ich habe sie heute Morgen getroffen. Da hat sie es mir erzählt.»

«Auweia. Was soll ich denn jetzt machen?», rief ich verzweifelt.

«Ich schlage vor, ihr schlaft beide erst einmal eine oder zwei Nächte darüber. Und wer weiß? Vielleicht sieht morgen schon alles ganz anders aus.»

«Meinst du?», fragte ich zweifelnd.

«Meine ich», sagte Mama. «Manchmal muss einfach ein bisschen Zeit vergehen, bis die erste Wut verraucht ist, und dann kann man wieder ganz anders miteinander sprechen.»

«Weißt du, Mama, ich weiß gar nicht, was ich ohne Trudi machen soll.»

«Und umgekehrt geht es Trudi bestimmt genauso. Wenn ein bisschen Gras über die Sache gewachsen ist, dann wird sie es merken.»

Also ließ ich ein bisschen Gras über die Sache wachsen und meldete mich zwei Tage nicht. Dann schrieb ich Trudi eine SMS. Als sie darauf nicht antwortete, versuchte ich, sie anzurufen. Doch Trudi ging nicht ans Telefon. Der Mut, den ich in den letzten Tagen mühselig zusammengesammelt hatte, schwand dahin wie Eiscreme in der Sonne. Es war wohl doch noch nicht genug Gras gewachsen. Aber die Zeit drängte. Heute war Freitag, übermorgen wollten wir zusammen in den Urlaub fahren. Ich mochte immer noch nicht so recht glauben, dass Trudi mich nicht mehr mitnehmen wollte. Bestimmt würde sie sich noch besinnen, dachte ich. Schließlich haben wir beide so gekämpft, um das Geld zusammenzukriegen. Beschämt dachte ich, dass es dabei ja eigentlich vor allem um mein Geld ging, das wir verdienen mussten. Sollte wirklich alles umsonst gewesen sein? Das durfte nicht sein. Ich fuhr noch einmal zu Trudi und klingelte. Doch sie machte nicht auf. Ich versuchte es gefühlte tausend Mal auf ihrem Handy, doch sie ging nicht ran. Trudi hatte sich verletzt aus meinem Leben verabschiedet, und ich hatte keine Chance, sie zurückzuholen.

10
allein

Ich ging nach oben in mein Nähzimmer und schaute traurig auf die Stoffreste und Garnrollen, die überall herumlagen. Ich seufzte. Ich fühlte mich schrecklich. Noch einmal wählte ich Trudis Nummer. Doch wieder ging nur die Mailbox ran. Noch einmal sprach ich ihr aufs Band: «Liebe Trudi, ich bin es. Mathilda. Bitte, bitte, bitte ruf mich zurück. Gib mir eine Chance. Ich muss mit dir reden.» Dann legte ich auf und versuchte es bei Kalle. Doch er war genauso wenig zu erreichen. Also beschloss ich, Greta anzurufen. Trudi und ich waren beide mit ihr befreundet, und außerdem war sie zurzeit so ziemlich die Einzige aus unserer Klasse, die nicht inzwischen in den Urlaub abgedüst war.

Greta hob sofort ab. Wenigstens etwas.

«Hi», sagte ich atemlos. «Ich bin's, Mathilda.»

«Du?», fragte Greta, und ich fand, dass es ziemlich abfällig klang. Sie wusste Bescheid, so viel war klar.

«Ja, ich. Hast du mit Trudi gesprochen?»

«Allerdings. Ist ja ein ziemlicher Hammer, den du dir da geleistet hast.»

«Wo steckt Trudi denn? Ich erreiche sie nicht.»

«Sie hat viel zu tun. Sonntag fährt sie in den Urlaub.»

«Eigentlich wollten wir ja …»

«Ich weiß. Das kannst du vergessen. Trudi ist sehr verletzt. Das kannst du mir glauben. Und das Letzte, was sie im Moment tun würde, wäre, mit dir in den Urlaub fahren.»

«Hat sie das gesagt?»

«Ja, das hat sie gesagt. Und ehrlich gesagt: Ich kann es verstehen.»

«Ich kann es ja auch verstehen», presste ich hervor. «Aber ich habe mich doch schon tausendmal entschuldigt. Was soll ich denn noch machen?»

«Am besten gar nichts. Lass sie einfach in Ruhe wegfahren. Vielleicht hat sie sich wieder beruhigt, wenn sie wiederkommt.»

«Meinst du?», fragte ich hoffnungsvoll.

«Keine Ahnung. Aber wäre ja möglich ...»

«Okay», seufzte ich unglücklich. «Und du? Willst du noch etwas mit mir zu tun haben?»

«Schon», druckste Greta herum. «Aber ich find's auch ziemlich übel, was du da zu Trudi gesagt hast. Und ehrlich gesagt, wäre es mir im Moment nicht recht, wenn Trudi erfahren müsste, dass ich mit dir ...»

«Verstehe», flüsterte ich und legte auf. Mein Herz fühlte sich plötzlich zentnerschwer an. Irgendwas in meinem Leben lief da ganz gehörig schief. Kaum hatte ich Jonas halbwegs vergessen, kündigte mir meine beste Freundin die Freundschaft, und meine zweitbeste Freundin wollte auch nichts mehr mit mir zu tun haben. Und überhaupt: Mein Handy hatte seit zwei Tagen kein einziges Mal geklingelt oder gepiept. Plötzlich musste ich an Antoine denken. Der hatte doch in letzter Zeit fast jeden Tag angerufen. Aber auch hier war plötzlich Funkstille. Schnitt er mich etwa auch?

Ich beschloss, das sofort herauszufinden, und wählte seine Nummer.

Ich musste es fünfmal klingeln lassen, bis er endlich ranging.

«Bonjour, Mathilda», sagte er in den Hörer. Ich weiß nicht, ob ich es mir einbildete, aber irgendwie klang auch er plötzlich ein wenig verhalten.

«Hi», sagte ich. «Wie geht's?»

«Gut, merci.»

«Hab lange nichts von dir gehört.»

«Du, ich bin im Moment total im Stress», antwortete er ausweichend.

«Echt?», fragte ich und versuchte verzweifelt, mir nicht anmerken zu lassen, dass die Alarmglocken in meinem Gehirn gerade lauter zu bimmeln begannen als die schrille Schulglocke unseres Heinrich-Heine-Gymnasiums.

«Ja. Unsere Küchenhilfe ist krank geworden. Jetzt muss ich meinem Vater in der Küche helfen, verstehst du? Ich melde mich, wenn es wieder ruhiger ist», versprach er.

«Okay», murmelte ich. «Mach das!»

«Pardon», fügte Antoine noch hinzu, und es klang irgendwie nach Abschied, fand ich. Dann legte er auf.

Ich starrte ungläubig auf mein Handy-Display. Was war das denn jetzt bitte? Irgendwas stimmte da nicht. Das mit der kranken Küchenhilfe konnte er seiner Großmutter erzählen. War er wirklich auch sauer wegen der Sache mit Trudi? Langsam wurde ich wütend. Okay, ich hatte Mist gebaut. Aber musste ich deshalb von der ganzen Welt geschnitten werden? Und Antoine, von dem hätte ich nun wirklich erwartet, dass er zu mir stünde. Schließlich macht jeder mal einen Fehler. Oder war vielleicht etwas ganz anderes im Busch? Hatte er sich in jemand anderen verliebt, und wollte er mich jetzt abservieren wie ein abgelegtes Kleidungsstück? So, wie Jonas es getan hatte? Und da merkte ich plötzlich, dass es mir etwas ausmachen würde, wenn es so wäre. Ich spürte diesen Stich im Herzen. Diesen Stich, den ich schon von Jonas kannte. Und ich spürte plötzlich auch, wie müde und traurig ich war. Die ganze Welt hatte mich verlassen, und ich wollte mich jetzt nur noch verkriechen. Ich schnappte mir eine Decke und kuschelte mich tief in Henriettes Sofa hinein. Langsam fielen mir die Augen zu, und ich begann wild zu träumen. Von Trudi, die mich eimerweise mit Wasser übergoss, von Antoine und Greta, die mich aufs übelste beschimpften, und von Henriette, die Sterne vom Himmel pflückte.

«Maathiiildaaaa! Teeeleeefooon!», hörte ich Mama von unten brüllen. Ich öffnete verschlafen die Augen und rappelte mich mühsam auf. Tatsächlich. Jetzt hörte ich es auch. Lady Gaga sang Pokerface. Das war mein Handy. Trudi und ich hatten uns dieses Lied als Klingelton runtergeladen, nachdem wir es zum ersten Mal im Radio gehört hatten.

Mein Handy lag im Flur auf der Kommode, doch als ich unten ankam, hatte Lady Gaga bereits ausgesungen. Ich war zu spät. Doch nach ein paar Sekunden erklang das übliche «Piep piep», und da wusste ich, dass jemand auf die Mailbox gesprochen hatte. Ich nahm mein Handy und ging ins Wohnzimmer.

«Wer war's?», fragte Mama. Sie saß in ihrem Lieblingssessel und blätterte in einer Modezeitschrift.

Ich zuckte mit den Schultern. «Ich war zu spät», murmelte ich, während ich mein Handy ans Ohr hielt. Ich hatte meine Mailbox angewählt und war gespannt, wer angerufen hatte. Die Nummer war unterdrückt gewesen. Vielleicht war es ja trotzdem Trudi. Mit dem Handy ihrer Mutter oder so. Eine mir bekannte Stimme sagte: «Hi, Mathilda, ruf mich mal zurück. Ich hab eine wichtige Info für dich.» Das war's.

«Und?», fragte Mama.

«Das war Kalle. Er hat irgendeine wichtige Info für mich.»

«Na, das klingt ja spannend!», sagte Mama.

Ich beschloss, sofort zurückzurufen, denn ich war mir sicher, dass seine Info irgendwas mit Trudi zu tun hatte. Bestimmt wollte sie sich wieder mit mir versöhnen, traute sich aber nicht, selber anzurufen.

Ich musste es nicht lange klingeln lassen. Kalle war sofort am Apparat.

«Hi, Kalle», sagte ich. «Was gibt's denn?»

«Na ja, ich weiß nicht recht, wie ich's dir sagen soll», druckste er herum. «Aber ich habe heute zu Hause erzählt, was bei euch los war. Dass jemand in eure Kasse gegriffen hat und so.»

Das «und so» deutete ich so, dass er auch von meinem Streit mit Trudi und dem Wassereimer erzählt hatte.

«Ja, und?», fragte ich ungehalten.

«Mein Vater, der hat was gesehen ...»

«Was hat dein Vater gesehen?»

«Na ja, ich will jetzt auch nichts Falsches in die Welt setzen, aber er war sich ganz sicher, und mir kam's auch komisch vor ...»

«Jetzt sag schon!» Langsam verlor ich die Geduld, und ich sah, dass Mama auch schon Ohren wie Rhabarberblätter bekommen hatte.

«Also, letzten Montag, da war ja auch mein Vater vormittags kurz am Fischstand.»

«Ja, ich erinnere mich», nickte ich.

«Und da hat er gesehen, dass jemand Geld aus der Kasse genommen und es sich in die Hosentasche gesteckt hat.»

«Waaas?», rief ich. «Wer war es?»

«Zuerst hat er sich nichts dabei gedacht, aber ...»

«Er sieht jemand Fremden, der Geld aus unserer Kasse nimmt, und er hat sich nichts dabei gedacht?»

«Na ja, das Problem ist ... Es war kein Fremder!»

Einen Moment lang blieb mir die Spucke weg. «Was?», fragte ich atemlos. «Nun sag schon. Wen hat dein Vater gesehen?»

«Antoine!»

Ich schnappte nach Luft. «Quatsch!», erwiderte ich. «Niemals würde Antoine ...»

«Ich weiß. Ich kann dir nur sagen, was mein Vater gesehen hat. Zuerst hat er gedacht, es wäre mit euch abgesprochen, dass er das Geld an sich nimmt. Damit es in Sicherheit ist oder so. Aber er hätte dabei so verstohlen nach rechts und links geguckt. Das sei ihm gleich komisch vorgekommen, hat er gesagt. Na ja, und als ich dann heute erzählt habe, dass ihr beklaut worden seid, da ist ihm diese Sache wieder eingefallen.»

«Was ist passiert?», hörte ich Mama fragen. Offenbar war ich blass geworden vor Schreck.

Ich winkte ab.

«Ist er sich wirklich sicher?»

«Er ist ganz sicher.»

«Okay, danke, Kalle», sagte ich.

«Keine Ursache. Ich wollte Antoine nicht in die Pfanne hauen, aber dann dachte ich doch, du solltest es wissen.»

«Hast du es Trudi schon erzählt?»

«Noch nicht. Mach ich aber noch. Hab sie eben nicht erreicht.»

«Klar. Ich kann es nicht fassen.»

«Mir geht's genauso.»

«Ich muss das jetzt erst mal verdauen», murmelte ich. «Jedenfalls danke nochmal. Und … bis bald!»

«Was ist los?», fragte Mama besorgt, nachdem ich aufgelegt hatte.

«Du wirst es nicht glauben», sagte ich tonlos. «Antoine war's.»

«Antoine war was?»

«Er hat das Geld genommen.»

«Waaaaas?», kreischte Mama. Ihre Augen wurden tellergroß und starrten mich entsetzt an. «Das glaub ich nicht!»

«Doch. Kalles Vater hat gesehen, wie er das Geld aus der Schatulle genommen hat.»

«Wieso kennt Kalles Vater Antoine?»

«Sein Vater kauft seit Jahren seinen Fisch für das L'Auberge bei ihm. Und in den Ferien manchmal auch Antoine. Außerdem wohnen sie nahe beieinander. Sie sind fast Nachbarn.»

Mama nickte. «Verstehe. Dann ist ein Irrtum ja wohl ausgeschlossen.»

Meine Augen füllten sich schon wieder mit Tränen. Gab es denn nur miese Männer auf dieser Welt? Man musste sich das mal vorstellen: Ich hatte Antoine lang und breit von meinem Streit mit Trudi erzählt. Davon, dass ich sie verdächtigt hatte, das Geld genommen zu haben, und dass sie einfach davongerannt war. Und er hatte mir Tipps gegeben, wie ich mich jetzt am besten verhalten sollte. Dass ich zu ihr fahren und mich entschuldigen sollte. Dabei hatte er selbst das Geld genommen und kein Wort gesagt! Das war wirklich das Allerletzte! So ein mieses Schwein. Immerhin wusste ich jetzt, warum er vorhin so abweisend gewesen war. Er konnte mir nicht mehr in die Augen sehen. Klar. Aber dem würde ich es zeigen.

Mama war inzwischen zu mir gekommen und hatte tröstend ihren Arm um mich gelegt. «Das ist wirklich ungeheuerlich!», sagte sie.

«Ich hätte das nie von Antoine gedacht», schluchzte ich.

Mama nickte. «Ich auch nicht. Aber wer weiß, was dahintersteckt», murmelte sie nachdenklich.

«Was soll schon dahinterstecken? Er ist ein Idiot. Das ist alles.»

«Weißt du, was ich an deiner Stelle machen würde?»
«Ihn umbringen?»

«Nicht sofort», erwiderte Mama mit ernster Miene. «Ich würde erst mal hinfahren und ihn zur Rede stellen.»

«Ich kann das nicht. Ich bin so wütend, dass ich ihm am liebsten ins Gesicht spucken würde.»

«Heute ist es sowieso schon zu spät. Gleich kommt Papa, dann essen wir zu Abend. Danach gucken wir alle zusammen einen schönen Film. Das lenkt ab. Und morgen früh sieht die Welt schon anders aus, und vielleicht hat Antoine dann eine reelle Chance, einen Besuch deinerseits zu überleben.»

«Kann ich mir nicht vorstellen.»

«Abwarten.»

«Was hab ich eigentlich verbrochen, dass sich die ganze Welt gegen mich verschworen hat?», schluchzte ich.

«Ach komm», tröstete Mama. «So schlimm ist es nicht!»

«Doch. Ich habe niemanden mehr. Trudi will nichts mehr mit mir zu tun haben, Greta auch nicht, und der einzige Freund, der mir geblieben ist, hat mich beklaut!», schniefte ich.

«Ich verstehe, dass du dich furchtbar fühlst.»

«Wie das hässliche Entlein», jammerte ich. «Mit dem wollte auch keiner spielen.»

«Erstens hast du im Gegensatz zum hässlichen Entlein noch deine Eltern, und zweitens – vielleicht erinnerst du dich – ist aus ihm irgendwann ein sehr schöner Schwan geworden. Es wird sich alles wieder einrenken.»

«Niemals», jammerte ich resigniert und vergrub mein Gesicht in Mamas Schulter.

11
aussprache

Am nächsten Morgen fühlte ich mich immer noch nicht besser. Ich hatte kaum die Augen aufgeschlagen, da kreisten meine Gedanken schon wieder nur um Trudi, Antoine und die leere Schatulle. Und wütend war ich auch immer noch. Wütend auf mich selbst, weil ich Trudi zugetraut hatte, dass sie mich beklaut. Aber vor allem wütend auf Antoine, der mich wirklich beklaut hatte.

Mama tat gut gelaunt, als ich in die Küche kam, um zu frühstücken, doch davon ließ ich mich nicht anstecken. Mürrisch setzte ich mich und schlürfte mein Müsli.

«Und? Was hast du heute vor, mein Schatz?», flötete sie.

«Was ich heute vorhabe? Ich werde zu Antoine fahren und ihn so zur Sau machen, dass er nicht mehr weiß, wo rechts und links ist!», zischte ich, ohne aufzublicken.

«Mach das, Schatz», gurrte Mama, so als hätte ich ihr eben eröffnet, ich würde heute mal ein bisschen in meinem neuen Buch lesen.

«Du hast nichts dagegen, dass ich ihn alle mache?»

«Nein. Mach ihn ruhig alle. Aber nur verbal bitte. Er ist stärker als du.»

«Hallo? Denkst du, ich würde ihn schlagen?»

«Na ja, bei deinem Temperament ...»

«Also echt jetzt …», maulte ich. Dass Mama mir so etwas zutraute. «Aber zuerst fahre ich zu Trudi. Sicher weiß sie inzwischen, wer der wahre Dieb ist, und vielleicht hat sie das ein wenig besänftigt.»

«Ja, vielleicht», sagte Mama, doch ich hörte den Zweifel in ihrer Stimme. «Hoffentlich hört sie dir zu.»

«Sie muss!», sagte ich grimmig.

«Aber stell dich nicht unter ihr Fenster», warnte sie mich. «Mir gehen langsam die Handtücher aus.»

«Haha!»

Ich stellte mich nicht unter ihr Fenster, sondern begnügte mich damit zu klingeln. Dieses Mal öffnete Trudi tatsächlich die Tür.

«Hallo, Trudi», sagte ich betreten.

«Was gibt's?» Sie klang genervt. Sehr genervt.

«Ich weiß, wer das Geld genommen hat.»

«Ach ja?»

«Es war Antoine!»

«Ich weiß!»

«Du, Trudi», sagte ich. «Es tut mir echt leid. Ich weiß nicht, was ich ohne dich machen soll. Können wir uns nicht wieder vertragen?»

«Zu spät.»

«Was soll ich denn noch machen?»

«Am besten gar nichts. Oder mich in Ruhe lassen. Wie gesagt: Es ist zu spät!»

«Aber es ist doch nie zu spät.»

«Ich muss jetzt rein. Hab noch 'ne Menge zu packen»,

sagte Trudi. «Bis dann!» Lahm hob sie ihren Arm zum Abschied und schloss die Tür.

Immerhin: Sie hatte «bis dann» gesagt und mir die Tür nicht einfach so vor der Nase zugeknallt. Das war doch schon mal was. Sie war zwar nicht gerade sehr nett zu mir gewesen, aber schon viel netter als noch vor ein paar Tagen. Ich spürte, dass es ihr auch etwas ausmachte, dass wir keine Freundinnen mehr waren. Ich beschloss, es wieder zu versuchen. Wenn sie aus dem Urlaub zurück war, würde ich wieder genau hier an dieser Stelle stehen und klingeln. Irgendwann musste sie meine Entschuldigung annehmen. Doch jetzt hatte ich erst einmal Wichtigeres vor: Ich schwang mich auf mein Fahrrad und fuhr Richtung Nippes. Es waren ungefähr zehn Fahrradminuten bis zum Restaurant von Antoines Vater. Ich war mir ziemlich sicher, dass ich ihn dort antreffen würde, denn er hatte mir ja erzählt, dass er seinem Vater helfen musste.

Ich hatte Glück. Antoine stand in der Küche des L'Auberge und drehte Fleisch durch einen Wolf. Das Gleiche hätte ich gern mit ihm gemacht.

«Hi, Antoine», sagte ich, und ich sah, dass er kurz zusammenzuckte.

«Oh, äh ... allo, Mathilda», stotterte er. Er war nervös.

Ich sah, dass seine Hände ein wenig zu zittern begannen. Ich wusste, warum, und ich beschloss, ohne Umschweife zur Sache zu kommen.

«Ich weiß, wer unser Geld gestohlen hat!», sagte ich und schaute ihm unverwandt in die Augen.

«Ich muss mir die Ände waschen», murmelte Antoine und stürzte hinaus.

Ich stand da wie bestellt und nicht abgeholt, mitten in der kleinen Küche des L'Auberge. Neugierig sah ich mich um. Ganz schön runtergekommen war das hier. Dieser Laden hatte definitiv schon bessere Zeiten erlebt. Der monströse Gasherd sah aus, als sei er mindestens hundert Jahre alt. Die Arbeitsflächen und die alte Steinspüle hatten sicher schon Köche vor dem Ersten Weltkrieg benutzt.

«Da bin ich wieder», sagte Antoine und schob mich vor sich her durch eine halbhohe Schwingtür, und ehe ich michs versah, stand ich mitten im Restaurant. Ich schaute mich um und stellte fest, dass es hier nicht viel besser aussah als in der Küche. Es war dunkel, obwohl draußen die Sonne schien. Im Raum verteilt standen sieben oder acht wackelige alte Holztische, auf denen altmodische lachsfarbene Damastdecken lagen. Gruselig! Ein Blick nach oben machte die Sache auch nicht besser. An der Decke baumelten einige alte, mit dunkelbraunem angestaubtem Stoff überzogene Lampenschirme. Ich schauderte. Die Atmosphäre in diesem Raum war alles andere als freundlich und einladend, und ich begann, mich zu fragen, wer hier freiwillig essen ging.

«Komm, wir setzen uns», sagte Antoine in meine Gedanken hinein und deutete auf einen der wackeligen Holzstühle. Vorsichtig nahm ich Platz und rief mir währenddessen ins Gedächtnis, weshalb ich hier war. Meine Wut, die ich kurzfristig vergessen hatte, wallte sofort wieder auf. Antoine setzte sich mir gegenüber, und ich sah, dass er blass aussah.

Er nahm meine Hand, doch ich entzog sie ihm unwillkürlich.

«Mathilda», stieß Antoine hervor. «Ich war's!»

Ich funkelte ihn wütend an. «Ach ja?», sagte ich. «Das fällt dir ja früh ein, dass du es warst. Stell dir mal vor: Ich habe es inzwischen selbst herausgefunden.»

«Wie?», fragte er tonlos.

«Kalles Vater hat dich beobachtet. Er hat gesehen, wie du das Geld genommen hast.»

Antoine starrte betreten auf die lachsfarbene Tischdecke.

«Wie konntest du nur? Was hast du dir dabei gedacht, Antoine? Wir waren doch Freunde.»

«Waren?»

«Das fragst du noch? Denkst du wirklich, ich will je wieder etwas mit dir zu tun haben? Du hast mich beklaut! Du bist schuld, dass ich mich mit meiner allerbesten Freundin zerstritten habe. Und daran, dass unser Urlaub geplatzt ist. Du hast mir meine ganzen Ferien versaut. Ach, was sag ich: mein ganzes Leben!» Langsam kam ich in Fahrt. «Und jetzt besitzt du auch noch die Frechheit zu fragen, ob wir Freunde bleiben? Du hast echt Nerven, das muss man dir lassen.»

Ich hatte mich so in Rage geredet, dass ich gar nicht merkte, wie Antoine immer mehr in sich zusammensackte. Mit jedem meiner Sätze war er ein Stückchen kleiner geworden. Doch das war mir nur recht. Er hatte es verdient.

«Mathilda», sagte er, als ich kurz Luft holte. «Lass es mich doch bitte erklären …»

«Erklären?», schrie ich. «Was gibt es da zu erklären? Du hast mich beklaut, und das war's. Was hast du denn mit dem Geld gemacht, hä? Neue Klamotten gekauft? Computerspiele? Eine Wii? Und? Macht's Spaß, damit zu spielen?»

«Ich hab das Geld nicht für mich genommen», sagte er leise.

«Ach nein? Für was hast du's dann genommen? Für ein Lehmbauprojekt in Afrika?»

«Für meine Eltern», sagte Antoine leise. Er starrte immer noch auf die lachsfarbene Decke.

«Für deine Eltern?» Jetzt war ich doch neugierig geworden.

«Das Restaurant, es läuft nicht gut, weißt du.»

Ich nickte. Das wunderte mich nicht.

«Mein Vater ist ein begnadeter Koch, aber mit Geld kann er nicht umgehen. Er hat nie etwas zurückgelegt, um zu investieren. Na ja, du siehst es ja: Wir müssten hier von Grund auf renovieren. Eine neue, moderne Küche wäre auch nicht schlecht. Ganz zu schweigen von den alten Möbeln hier. Die Leute bleiben weg, weil es hier alt und abgeranzt aussieht.»

«Das lässt sich nicht bestreiten», erwiderte ich kühl. «Aber was hat das mit meinem Geld zu tun? Wolltest du von den paar hundert Euro das Restaurant sanieren?»

«Letzte Woche kam ich in die Restaurantküche, und da saß mein Vater auf einem Stuhl.»

«Ja und?»

«Er weinte.»

«Er weinte?», fragte ich betroffen. «Warum?»

«Am Tag zuvor war der Gerichtsvollzieher da gewesen.

Mein Vater konnte Rechnungen nicht bezahlen. Der Gerichtsvollzieher hatte ihm erklärt, dass er bei ihm pfänden muss, wenn er nicht bald Geld auftreibt.»

«Au weia.»

Antoine nickte. Zum ersten Mal, seit wir hier saßen, schaute er mich an. Da sah ich, dass seine Bernsteinaugen gerötet waren. Er hatte auch geweint, dachte ich beschämt. Warum hatte ich ihn nicht eher zu Wort kommen lassen?

«Dann, letzten Montag, als ich dich auf dem Markt besucht habe, da habe ich das ganze Geld gesehen. Ich habe an meinen Vater gedacht. Wie er weinend in der Küche gesessen hatte. Ich hatte ihn vorher noch nie weinen sehen, weißt du?»

Ich nickte.

«Ich dachte, ihr habt schon so viel Geld verdient, da ist es nicht ganz so schlimm, wenn ein bisschen was fehlt, und dann ist es einfach passiert: Ich hab in die Schatulle gegriffen und das Geld schnell in meiner Hosentasche verschwinden lassen. Ich dachte, dass keiner etwas bemerkt hätte.»

«Da hast du falschgelegen.»

Antoine nickte. «Jetzt bin ich froh darüber, denn jetzt ist es raus. Ich habe mich die ganze Zeit so schrecklich gefühlt. Ich hätte das sowieso nicht mehr lange ausgehalten.»

«Und wo ist das Geld jetzt?», fragte ich.

«Wir konnten mit dem Geld die dringendsten Rechnungen begleichen und uns so erst mal den Gerichtsvollzieher vom Hals halten.»

«Wollte dein Vater nicht wissen, woher du das Geld hast?»

«Doch. Ich habe ihm gesagt, dass meine Oma aus Frankreich es mir geschickt hat, damit ich sie besuchen komme. Aber das war eine Lüge. Es tut mir so leid, Mathilda. Kannst du mir verzeihen?»

Für einen kurzen Moment schloss ich die Augen. Konnte ich ihm verzeihen? Wollte ich es überhaupt? Als ich meine Augen wieder öffnete und Antoine vor mir saß wie ein Häufchen Elend, da fiel die Antwort plötzlich nicht mehr ganz so schwer. «Ich verzeihe dir!», sagte ich mit fester Stimme.

Antoine stand auf. «Komm mal her», sagte er.

Ich kam, und er umarmte mich sehr lange und sehr fest.

«Ich krieg keine Luft mehr!», rief ich irgendwann und löste mich aus seinen Fängen. «Und jetzt?», fragte ich. «Was wird jetzt aus dem L'Auberge? Meine paar Kröten vom Markt werden es nicht retten können.»

Antoine zuckte mit den Schultern. «Mein Vater hat uns gestern eröffnet, dass er schließen wird. Wir werden zurück nach Frankreich gehen.»

«Nein!», rief ich entsetzt.

«Es gibt keine andere Möglichkeit.»

«Es gibt immer eine andere Möglichkeit.»

Antoine schüttelte bedauernd den Kopf. «Nicht für uns. Die Banken drehen uns den Geldhahn ab, und dann ist hier Schluss für uns. Endgültig. Wir werden verkaufen und noch mal neu anfangen – in unserer Heimat.»

«Neu anfangen klingt gut. Aber warum nicht hier?»

«Schau dich doch mal um. Wir bräuchten Geld ohne Ende, um das hier zu renovieren.»

«Ich rede mit Papa. Er arbeitet doch bei der Bank.»

«Das bringt nichts, Mathilda. Meine Eltern waren selber gestern bei der Bank. Sie haben ihnen da klipp und klar gesagt, dass sie nicht mehr an das L'Auberge glauben. Es ist vorbei.»

«Weißt du, Antoine, kurz bevor die Ferien begannen, da wollte ich auch aufgeben. Ich war am Boden zerstört, denn mein Freund hatte mit mir Schluss gemacht, meine Ferien drohten zu platzen, und mein ganzes Leben fühlte sich an wie ein riesiger Müllhaufen. Dann habe ich mit Henriette geredet.»

«Henriette?»

«Ja, unsere Nachbarin. Du hast sie auf Mamas Party kurz kennengelernt.»

«Die mit den langen grauen Haaren und der halben Hornbrille?»

«Ja, genau die.»

«Die war lustig!»

«Ja, sie ist lustig, und sie ist sehr klug. Weißt du, was sie mir damals gesagt hat?»

Antoine zuckte mit den Schultern.

«Sie hat gesagt, dass man nie aufgeben darf. Und dass die Sterne nicht vom Himmel fallen. Man muss sie sich selbst holen.»

Antoine sah mich verständnislos an. «Versteh ich nicht!»

«Henriette meinte, dass man sein Glück selbst in die Hand nehmen muss.»

«Das mag ja stimmen. Aber das hier, das ist ernst. Wir

sind pleite. Da gibt es nichts in die Hand zu nehmen. Glaub mir: Wenn es irgendeine Möglichkeit gäbe, würden wir sie beim Schopfe fassen. Meine Eltern hängen nämlich sehr am L'Auberge, an Köln und an all den Freunden, die wir hier in Deutschland gefunden haben.»

Ich ließ meinen Blick noch einmal durch das heruntergekommene Restaurant schweifen. «Ich hab da schon so eine Idee», erklärte ich geheimnisvoll. «Und die kostet nicht viel!»

«Mathilda, vergiss es. Die Bank wird uns den Kredit kündigen, wenn sich nicht bald etwas ändert, und dann ist es sowieso zu spät.»

«Dann müssen wir etwas ändern», sagte ich. «Und zwar schnell! Du, ich muss jetzt los», sagte ich, denn auf einmal hatte ich es furchtbar eilig. Ich wollte Papa anrufen und Mama sprechen und mich in mein Nähzimmer setzen, um den Plan, den ich im Kopf hatte, zu Papier zu bringen. Es war ein verdammt guter Plan, fand ich, aber er musste so schnell wie möglich in die Tat umgesetzt werden – sonst würde es zu spät sein.

12
last minute

Als ich nach Hause kam, sah ich, dass Mama draußen auf der Terrasse war. Sie stand vor ihrer Staffelei und malte ein Bild. Das hatte sie lange nicht mehr gemacht. Ich ging zu ihr hinaus und schaute ihr einen Augenblick zu. Irgendwie malte sie heute nicht wie sonst. Es sah fast aggressiv aus, wie sie die Leinwand mit ihrem Pinsel malträtierte.

«Was ist passiert?», fragte ich und sah ihr über die Schulter. Sie malte irgendwas wildes Abstraktes.

«Nichts», brummelte sie, ohne aufzusehen, und pinselte einfach weiter, als wäre ich Luft.

«Nichts kann nicht sein, so wie du die Leinwand behandelst.»

«Die Vogt», erwiderte sie wortkarg.

«Du meinst Motzgesicht?»

«Ja.»

«Ja und? Weiter? Was ist mit ihr?»

«Wegen der Hecke.»

«Wegen welcher Hecke?»

«Wegen der Lorbeerhecke vorne.»

Ich liebte diese Gespräche mit meiner Mutter. Wenn sie schlecht gelaunt war, musste man ihr die Worte wie Würmer aus der Nase ziehen.

«Was ist mit der Lorbeerhecke vorne?»

«Sie ist zu hoch. Und sie ist nicht gerade. Frau Vogt hat festgestellt, dass wir sie seit zwei Jahren nicht geschnitten haben.»

«Seit zwei Jahren?» Ich stieß einen langgezogenen Pfiff aus. «Seid ihr denn von allen guten Geistern verlassen?», rief ich gespielt entsetzt. «Zwei Jahre nicht geschnitten. Meine Güte!»

«Ja, das hat die Vogt auch gesagt.»

«Und du lässt dir deswegen die Laune verderben?»

«Na ja, es ärgert mich halt.»

«Gib ihr doch ein bisschen Alkohol», grinste ich. «Dann kommt sie wieder gut drauf, und die Hecke ist ihr piepegal.»

«Bloß nicht. Das letzte Mal, als wir ihr Alkohol gegeben haben, hätte sie beinahe in unseren Garten gebrochen.»

«Ich erinnere mich lebhaft», nickte ich. «Und Antoine hat ihretwegen in Cola gebadet.»

«Später hat sie auf dem Tisch getanzt und wäre beinahe runtergefallen», erinnerte sich Mama, und ich registriere, dass sie plötzlich wieder lächelte.

«Wenigstens hat sie sich dabei nicht ausgezogen», sagte ich und rümpfte bei dem Gedanken angewidert die Nase.

«Ja, es war wohl für alle Beteiligten das Beste, dass Papa sie davon gerade noch abhalten konnte.»

Jetzt mussten Mama und ich lachen. Motzgesicht im betrunkenen Zustand war aber auch einfach zu komisch gewesen.

«Na, wenigstens malst du mal wieder», sagte ich, als wir uns einigermaßen beruhigt hatten. Ich betrachtete Mamas

Bild näher. Es war viel Rot drin, und ein bisschen Weiß. «Schön», sagte ich. «Eine Lorbeerhecke ist das aber nicht.»

«Nein.»

«Ein explodierter Schwan?», fragte ich vorsichtig.

«Na warte!» Mama nahm ihren Pinsel und tauchte ihn tief in rote Farbe.

Sofort nahm ich meine Beine in die Hand und rannte, so schnell ich konnte, in den Garten hinunter, denn ich wusste, dass Mama wirklich alles zuzutrauen war. Auch, dass sie mich von oben bis unten mit roter Farbe beschmierte. Und tatsächlich, als ich mich umdrehte, sah ich, dass sie Pinsel schwingend hinter mir herrannte. Ich hob lachend die Arme. «Friiieeeden! Biiiitteee!», rief ich.

«Okay, Frieden», sagte Mama und stoppte. Jetzt lachte sie auch.

«Du, Mama, ich finde dein Bild wirklich schön. Und ich habe auch schon eine Idee, wo wir es hinhängen können.»

Und dann erzählte ich ihr von meinem Gespräch mit Antoine. Dass ich ihm verziehen hatte und dass das L'Auberge kurz vor der Pleite stand.

«Das tut mir leid für Antoine und seine Familie», sagte Mama und legte einen Arm um meine Schultern. Die Hecke war vergessen. Wir gingen zurück auf die Terrasse und setzten uns auf die Gartenstühle.

«Es ist kein Wunder», sagte ich.

«Wieso? Ich denke, Antoines Vater ist ein Genie am Kochtopf.»

«Ist er auch. Aber drinnen im Restaurant sieht es schrecklich aus. Alles alt und total heruntergekommen. Die Leute gehen da nicht mehr hin. Und ehrlich gesagt: Ich hätte auch keine Lust, dort zu essen. Aber ich hab eine Idee, und deshalb muss ich jetzt schnell Papa anrufen.»

«Papa?», fragte Mama stirnrunzelnd. «Was hat denn der jetzt mit dem L'Auberge zu tun?»

«Nichts, aber er ist Banker», sagte ich und ging hinein.

Ich nahm das Telefon mit in mein Nähzimmer und rief Papa an. Zum Glück hatte er ein paar Minuten Zeit, mir zuzuhören. Ich erzählte ihm vom L'Auberge und dass die Bank den Kredit kündigen wollte.

«Was kann man da machen? Gibt es irgendeine Möglichkeit, so etwas zu stoppen?», fragte ich.

«Antoines Eltern verdienen zu wenig Geld mit ihrem Restaurant», stellte Papa nüchtern fest. «Warum? Weil dort zu wenig Leute essen gehen. Man bräuchte ein gutes Konzept. Eine zündende Idee, wie man die Leute wieder zurück ins Restaurant holt. Wenn diese Idee gut ist, überzeugt es auch die Banker. Ich kenne die genauen finanziellen Verhältnisse von Antoines Eltern nicht, aber mit ein bisschen Glück ließe sich so vielleicht die Kündigung eines Kredites verhindern.»

«Das wollte ich hören, Paps», sagte ich und küsste in den Hörer. «Danke! Wir sehen uns heute Abend!»

«Ja, aber ...», hörte ich ihn noch sagen, aber da hatte ich schon aufgelegt. Ich durfte keine Zeit verlieren.

Ich nahm ein großes Blatt Papier aus meinem Schulzeichenblock, legte es auf den Boden und begann zu zeichnen. Zwischendurch machte ich mir immer wieder Notizen auf einen kleinen Ringblock, den ich neben mich gelegt hatte. Ich war in meinem Element. Ich zeichnete und schrieb und schrieb und zeichnete den ganzen Nachmittag, und ehe ich michs versah, war Papa gekommen, und Mama rief mich zum Abendessen.

Am nächsten Morgen rollte ich meine Aufzeichnungen zusammen, klemmte sie vorsichtig auf meinen Fahrradgepäckträger und radelte los.

Antoine und sein Vater waren schon im L'Auberge, sahen allerdings genauso verschlafen aus wie ich.

«Bonjour Messieurs Dupont», grüßte ich höflich, als ich die Küche des Restaurants betrat.

«Bonjour Mademoiselle», erwiderte Antoines Vater ein wenig brummelig.

Ich streckte ihm meine freie Hand entgegen. «Mein Name ist Mathilda Hensen», stellte ich mich vor. «Ich bin eine Freundin von Antoine.»

Jacques nahm meine Hand. «Ich eiße Jacques. Was kann isch für disch tun?»

«Ich wollte Antoine etwas zeigen», sagte ich schüchtern.

Jacques ließ meine Hand los, nahm sich eine weiße Schürze aus einem Regal, band sie sich über seinen beachtlichen Bauch und setzte sich eine Kochmütze auf sein volles graues Haar. «Ich muss kochen für eute Abend. Also: raus mit euch!»

Er scheuchte uns mit beiden Händen Richtung Schwingtür, so als wären wir lästiges Federvieh.

Im Restaurant kam es mir noch dunkler vor als gestern.

Ich breitete meine Rolle auf einem der Tische aus. «Was ist das?», fragte Antoine neugierig.

«Ich hab mit Papa gesprochen. Er hat gesagt, dass man überlegen muss, warum die Leute nicht mehr bei euch essen gehen.»

«Weil es hier alt und hässlich aussieht?», fragte Antoine.

«Genau. Und das lässt sich ändern. Mit ganz wenig Geld.»

«Wie soll das gehen?»

«Es ist ein bisschen Arbeit, aber ich helfe euch. Und wir trommeln noch ein paar Leute zusammen, die auch helfen.» Und dann zeigte ich Antoine meine Zeichnung. «Die Tische hier sehen dunkel und wuchtig aus. Wenn man sie abschleift und weiß streicht, schaut das gleich viel schöner aus. Ebenso die Stühle. Die braunen Vorhänge müssen weg. Das ist gruselig. Ich nähe euch neue, bunte leichte, die das Licht reinlassen. So wie es die Leute in der Provence haben. Diese lachsfarbenen Tischdecken sind ein Albtraum. Vielleicht kann man rot-weiß karierte Baumwolldecken auf die Tische legen – wenn überhaupt. Die Wände sind total vergilbt. Sie müssen weiß gestrichen werden. Der Fußboden hier ist eigentlich total schön …»

«Das nennst du schön?», unterbrach Antoine meinen Redeschwall und starrte entsetzt auf die schmuddeligen weinroten und weißen Steinfliesen, die im Schachbrettmuster verlegt worden waren.

«Ja, man muss sie nur vernünftig reinigen. Jede einzelne Fliese müssen wir gründlich schrubben, und wenn die ganze Patina runter ist, sieht das richtig toll aus. Französisch eben.»

«Ich weiß nicht ...», murmelte Antoine.

«Doch, doch, das wird super. Wir machen aus diesem düsteren Raum eine helle, freundliche In-Location. Dazu reicht es allerdings nicht, nur den Raum zu renovieren. Das ganze Konzept muss verändert werden.»

«Das Konzept? Wie soll das verändert werden? Mein Vater wird uns etwas husten!»

«Aber er hat doch gar keine Wahl. Entweder ändert er etwas, oder er muss schließen.»

«Das wird nicht einfach.»

«Keiner hat behauptet, dass das einfach wird. Aber es ist nun mal nötig, neue Wege zu gehen.»

«Und wo sollen sie hinführen, die neuen Wege?» Antoine blickte mich zweifelnd an.

«Zuallererst brauchen wir eine neue Speisekarte.» Ich deutete auf die Notizen, die ich in meinen Ringblock geschrieben hatte. «Morgens soll man hier frühstücken können. Leckeren Café au Lait, Kakao und die besten Croissants Kölns. Ab mittags bietet ihr bezahlbare Gerichte an, die sich schnell kochen lassen. Suppen, Salate und so. Die Lage ist nämlich prima, hier am Schillplatz. Direkt um die Ecke ist das Gymnasium. Wenn die Schüler eine Freistunde haben, was ja bekanntlich dauernd vorkommt, können sie sie im L'Auberge verbringen und dabei etwas Leckeres essen und trinken. Außerdem arbeiten hier in der Umgebung viele Leute in den Geschäften und Banken. Und die haben Mittagspause, und dann wollen sie schnell etwas Gutes,

Gesundes essen und dafür kein Vermögen ausgeben. Papa sagt immer, so etwas fehlt hier in der Nähe.»

«Okay, das klingt logisch», nickte Antoine.

«Und abends kann es etwas exklusiver werden, aber trotzdem nicht überteuert. Jacques hat sicher gute Ideen für eine gute Abendkarte. Gute französische Küche eben.»

«Das klingt alles toll, aber ob Papa da mitmacht?» Antoine sah mich zweifelnd an.

«Und deine Mutter?»

«Marie? Oh, sie ist neuen Dingen gegenüber aufgeschlossener. Aber in Sachen Restaurant hat sie sich bislang wenig eingemischt, weißt du?»

«Dann wird es höchste Zeit, dass sie es jetzt tut. Alle zusammen werden wir Jacques schon rumkriegen. Mein Vater hat gesagt, wenn die Bank ein gutes Konzept vorliegen hat, dann wird sie vielleicht mitspielen.» Ich deutete auf meine Unterlagen. «Und das hier ist ein gutes Konzept.»

Antoine sah sich noch einmal meine Aufzeichnungen an. «Das ist wirklich gut, Mathilda», murmelte er. «Ich kann es mir toll vorstellen.»

«Glaub mir, das funktioniert», sagte ich im Brustton der Überzeugung. Im Begeistern war ich gut, wenn ich selbst begeistert von einer Idee war. Und das war ich in diesem Fall wirklich. Diesen Laden konnte man auf Vordermann bringen, und man brauchte nicht viel dazu.

«Ich werde heute Abend mit meinen Eltern darüber reden», versprach Antoine. «Und Mathilda, ich danke dir, dass du dir unseren Kopf zerbrichst … nach all dem, was ich dir …»

Ich winkte ab. «Mach dir keine Gedanken. Das ist reiner Eigennutz.»

Antoine sah mich fragend an.

«Ich möchte nicht, dass du nach Frankreich zurückgehst», lächelte ich.

«Das möchte ich auch nicht», sagte Antoine leise und sah mir lange in die Augen.

Wie süß, dachte ich, und da hatte ich im Bauch plötzlich wieder dieses unbeschreiblich tolle Gefühl. Ein Gefühl, als führe eine Achterbahn darin umher. Ich wurde rot.

«Ich muss los», sagte ich schnell und stand auf.

«Warte.» Antoine sprang auf, stellte sich vor mich und nahm meine Hand. Er kam ganz nahe. Er roch gut. Ein wenig schüchtern drückte er mir links und rechts ein Küsschen auf die Wange. Achterbahn. Looping.

«Ich komme morgen früh wieder», sagte ich und wandte mich schnell zum Gehen.

«Ich hoffe!», rief er mir hinterher.

Ich winkte zum Abschied.

«Warum machst du das eigentlich alles für diesen Antoine?», fragte Papa mich beim Abendessen. Neben sich hatte er meine Aufzeichnungen liegen, die ich extra noch ein zweites Mal aufgeschrieben hatte, weil ich mein Ringbuch und die Zeichnungen bei Antoine gelassen hatte. Butterbrot kauend studierte er sie.

«Ich weiß nicht. Weil ich zu gut für diese Welt bin?»

«Das bist du auf jeden Fall», bestätigte Mama. «Wenn man bedenkt, was Antoine dir angetan hat …»

«Er hat das Geld aus Verzweiflung genommen, und er hat nichts gesagt, weil er sich so geschämt hat», verteidigte ich ihn.

«Du hast wirklich ein gutes Herz», sagte Papa. «Sag mal, magst du ihn eigentlich, diesen Antoine?»

Ich spürte, dass ich rot wurde. «Wie meinst du das?»

«Na ja, bist du in ihn verliebt?»

Ich wurde noch röter. Dann zuckte ich mit den Schultern. Ich dachte an das Achterbahngefühl von heute Morgen. Ja, so fühlte es sich an, wenn man verliebt war. Aber das wollte ich jetzt nicht unbedingt mit Mama und Papa erörtern. Ich musste mir erst mal selbst über meine Gefühle klar werden.

«Also ja», grinste Papa, nachdem er mich prüfend angesehen hatte.

«Vielleicht», erwiderte ich ausweichend.

«Na, wenn das so ist, dann helfe ich euch!»

«Echt? Wie denn?», fragte ich begeistert.

«Na ja, wenn Antoines Eltern deinen Plänen zustimmen, dann gibt es hier, wie ich das sehe, eine ganze Menge Arbeit. Möbel schleifen, Räume streichen, Küche auf Vordermann bringen.»

«Oh Paps, das wäre ja prima.»

«Und deine Aufzeichnungen müssten auch noch in ein richtig gutes durchstrukturiertes Konzept verwandelt werden. Für die Bank. Dabei kann ich euch auch helfen.»

«Ich helfe natürlich auch», sagte Mama.

Ich sprang auf und umarmte erst Papa und dann Mama. «Ihr seid wirklich die besten Eltern der Welt!», rief ich.

«Apropos Küche auf Vordermann bringen», sagte Papa.

«Ja, ja, ich räume ab», stöhnte ich.

«Gut. Aber ich meine eigentlich etwas anderes. Du hast gesagt, der Herd in der Küche ist uralt.»

«Ja, stimmt. Der ist absolut museumsreif.»

«Ich weiß zufällig, dass ein Restaurant in der Südstadt schließt. Da kommt alles unter den Hammer. In den Akten der Bank habe ich gesehen, dass auch ein großer Gasherd dabei ist. Wer weiß, vielleicht kann man den günstig ersteigern.»

«Das wäre ja prima», rief ich. «Ich sag Jacques morgen sofort Bescheid, dass er sich darum kümmern soll.»

«Mach das, mein Schatz. Und ich kümmere mich jetzt um den Fernseher. Gleich läuft Gladbach gegen Köln.»

Mama und ich gähnten. Im Gegensatz zu Papa interessierten wir uns null für Fußball.

Am nächsten Morgen nach dem Ausschlafen radelte ich wieder nach Nippes ins L'Auberge. Ich war gespannt, was Antoines Eltern zu meinen Plänen sagen würden.

Als ich in die Küche kam, stand die ganze Familie Dupont bereits da. Alle drei redeten wie wild aufeinander ein und zerteilten dabei mit den Armen die Luft in tausend Stücke. Leider verstand ich kein Wort, denn sie sprachen Französisch. Sehr schnelles Französisch. Die drei waren so sehr in ihrem Element, dass sie mich zunächst gar nicht bemerkten. Ich nahm das erst mal als gutes Zeichen. Auch wenn ich nur Bahnhof verstand: Es sah ganz so aus, als sei Antoines Familie aus ihrem Dornröschenschlaf erwacht.

«Boonnjouhur!», rief ich irgendwann dazwischen, so laut ich konnte. Endlich verstummte das Stimmengewirr, und Jacques, Marie und Antoine drehten sich zu mir um. Sie starrten mich eine halbe Sekunde lang an. Dann legten plötzlich wieder alle drei auf einmal los, in einem Kauderwelsch aus Deutsch und Französisch, nur dass sie dieses Mal auf mich einredeten.

Lachend hielt ich mir die Ohren zu. «Ich verstehe kein Wort», rief ich.

Antoine war derjenige, der es schließlich schaffte, seine Eltern zum Schweigen zu bringen. Er hielt die Hand hoch und sagte: «Seid mal still. Also, Mathilda, erst mal: Das ist meine Mutter Marie!» Antoine deutete auf die kleine dunkelhaarige Frau neben ihm, die ich längst als seine Maman ausgemacht hatte.

«Ich heiße Mathilda», sagte ich und reichte der zierlichen Französin, die erstaunlich jung aussah, die Hand.

Marie nahm sie lächelnd. «Bonjour, Mathilda», sagte sie herzlich. «Du ast ein paar wirklich gute Ideen geabt.» Sie deutete mit dem Kinn auf meine Pläne, die ausgebreitet auf der Anrichte lagen.

«Ich habe gestern mit meinen Eltern gesprochen und ihnen deine Ideen erklärt», klinkte sich Antoine ein.

«Und?», sagte ich gespannt.

«Sie wollen es machen!»

«Sie wollen es machen?»

«Ja, das meiste finden sie gut. Und jetzt sind sie total begeistert und wollen das ganze Restaurant einschließlich Speisekarte und Konzept umkrempeln!»

«Sag isch doch!», rief Marie dazwischen.

«Das ist ja wunderbar!», jubelte ich.

«Mal sehen!», brummelte Jacques.

«Mein Vater ist noch nicht so ganz überzeugt, aber Maman und ich haben so lange auf ihn eingeredet, bis er trotzdem ja gesagt hat.»

«Warum bist du nicht überzeugt?», fragte ich in Jacques' Richtung.

«Ist zu neumodisch.»

«Papa hängt an seinen alten Gerichten und an seinem alten Mobiliar. Aber Maman hat ihm den Kopf gewaschen, und jetzt steht er hinter uns.»

«Oh, ich freue mich!», rief ich und hopste auf und ab. «Wir müssen ganz viele Leute zusammentrommeln. Meine Eltern wollen auch helfen.»

«Zuerst wir müssen Bank überzeugen», bremste Jacques unsere Euphorie.

«Ja, du hast recht», sagte ich. «Mein Vater wird sich um das Konzept kümmern. Er weiß, wie so etwas aussehen muss. Er will sich gleich heute dransetzen, hat er gesagt.»

«Papa, Maman, ihr ruft gleich mal bei der Bank an und macht einen Termin. Wir müssen uns beeilen, denn sonst sind die Ferien um, und dann haben Mathilda und ich nicht mehr so viel Zeit.»

«Und unsere anderen Freunde, die ich fragen will, auch nicht.»

«Apropos Helfer», sagte Antoine. «Nächste Woche kommt mich eine alte Freundin aus Frankreich besuchen. Ophelia. Sie kann uns auch helfen.»

«Ophelia?», fragte ich stirnrunzelnd und versuchte, mir nicht anmerken zu lassen, dass in meinem Kopf plötzlich alle Alarmglocken zu läuten begannen.

«Ja, genau. Ophelia», sagte Antoine leichthin. «Wir haben uns sozusagen im Sandkasten kennengelernt. Inzwischen lebt sie mit ihren Eltern in Paris.»

«Okay. Verstehe. Wie lange bleibt sie?»

Antoine zuckte mit den Schultern. «Keine Ahnung. So lange, bis sie hier irgendwo einen Job und eine Unterkunft gefunden hat.»

Prost Mahlzeit, dachte ich. «Das heißt, sie bleibt für immer in Deutschland?»

«Erst mal auf unbestimmte Zeit», erklärte Antoine fröhlich. Er schien sich ziemlich auf seine alte Freundin zu freuen. Ich nahm mir vor, bei nächster Gelegenheit herauszufinden, welche Art Sandkastenfreundin sie war. Wollte sie nur spielen? Oder steckte mehr hinter diesem überraschenden Besuch aus Paris? Fürs Erste beließ ich es bei einem geheuchelten «wie schön» und widmete mich wieder den Plänen fürs L'Auberge.

Papa hielt sein Versprechen. Noch am gleichen Abend setzte er sich an seinen Laptop und bastelte aus meiner Loseblattsammlung aus Zeichnungen und Notizen ein übersichtliches strukturiertes Konzept. Dann ging alles ganz schnell. Antoines Eltern bekamen kurzfristig einen Termin bei der Bank. Mit Papas Konzept unterm Arm und einer Menge guter Ratschläge im Gepäck trafen sie sich mit ihrem Sachbearbeiter und redeten um ihr Leben.

Antoine und ich waren unterdessen mit dem Fahrrad zu Angelo gefahren, um uns ein leckeres Spaghettieis zu genehmigen. Während wir das Eis in uns hineinschaufelten, drückten wir im Geiste alle Daumen, Finger und Zehen, die wir zur Verfügung hatten, dass unser Plan aufgehen würde.

Es dauerte ewig, doch dann endlich klingelte Antoines Handy. «Es ist Jacques», sagte Antoine nach einem kurzen Blick auf das Display und ging ran. «Oui. Bon. Oui, oui … Oh, là, là …»

Ich versuchte, in Antoines Gesicht zu lesen, was los war, doch seine Miene war neutral. Und die paar Ouis und Oh, là, làs waren auch nicht gerade sehr aussagekräftig. Endlich legte er auf. Er sah mich todernst an. Das sah nicht gut aus, dachte ich.

«Und?», fragte ich gespannt.

«Also, es ist so …», begann er umständlich.

«Sag einfach ja oder nein!», unterbrach ich ihn.

Er guckte noch ernster. «Oui!», sagte er.

«Oui? Du meinst ja?»

«Ja!» Und dann lachte er, sprang auf, und ich sprang auch auf, und dann umarmten wir uns ganz lange, und er roch schon wieder so gut, und die Achterbahn war auch wieder da.

Nachdem wir uns einigermaßen beruhigt hatten, setzten wir uns wieder. «Und jetzt erzähl mal genau», sagte ich. «Was hat der Banker gesagt?»

«Er hat gesagt, dass das Konzept im Großen und Ganzen gut ist, er noch dies und das ändern würde, an der Karte und den Öffnungszeiten und so, aber dass es insgesamt sehr vielversprechend ist, dass der laufende Kredit nicht gekündigt wird und dass er sogar noch einen kleinen zusätzlichen Minikredit gibt für die eine oder andere Anschaffung.»

«Echt? Das ist ja der Hammer!»

«Ja, er glaubt an uns.»

«Das heißt, jetzt können wir loslegen!», stellte ich fest. «Am besten gleich morgen.»

«Ja, wäre ja auch langweilig, wenn du in deinen Ferien einfach mal nichts tust», sagte Antoine grinsend.

«Nichts tun *ist* langweilig.»

«Stimmt. Ach übrigens, Mathilda …»

«Ja?»

«Danke!»

«Wofür?»

«Dafür, dass du mir verziehen hast, und dafür, dass du meine Eltern wachgerüttelt hast, und na ja, für deine guten Ideen und deinen Einsatz. Für alles eben!»

«Gern geschehen», sagte ich und wurde ein bisschen verlegen. «Wie gesagt: Nichts tun ist langweilig!»

13
kussalarm

Am nächsten Tag starteten wir voll durch. Jacques und Antoine fuhren in den Baumarkt und besorgten alles, was benötigt wurde: weiße Farbe, Pinsel, Rollen, Klebeband und noch so einiges mehr.

Unterdessen maß ich gemeinsam mit Marie alle Fenster aus. Danach gingen wir gemeinsam zu Leyla in die Wilhelmstraße, um nach einem geeigneten Stoff für neue Vorhänge zu suchen. Wir stöberten uns eine ganze Weile durch das große Sortiment, und ich stellte fest, dass Marie einen guten Geschmack hatte. Umso erstaunlicher fand ich es, dass sie das Restaurant nicht schon längst auf Vordermann gebracht hatte.

«Jacques hat sich da nischt reinreden lassen», erklärte sie, als ich sie vorsichtig danach fragte. «Es war sein Restaurant, und isch ließ ihn machen, wie er wollte. Aber du ast ihn wachgerüttelt, Mathilda», erklärte sie. «Und misch gleich mit. Jetzt wird alles anders.»

Wir arbeiteten uns noch eine ganze Weile durch riesige Stoffballen aller Arten und Farben, und schließlich war es Marie, die den entscheidenden Fund machte.

«Schau mal ier, Mathilda», rief sie von irgendwoher. «Isch glaube, isch abe was!»

Ich musste sie erst einmal suchen, denn Leylas Laden war ziemlich unübersichtlich, und es gab jede Menge Gänge. Aber dann entdeckte ich sie ganz hinten im letzten Gang. «Der ist schön», sagte sie und befühlte die Ecke eines Stoffes fast ehrfürchtig mit der Hand. Ich betrachtete ihn, befühlte ihn ebenfalls und nickte. Ja, der war wirklich schön. Es war ein ganz leichter Baumwollstoff mit lavendelfarbenem Vichykaro darauf, und irgendwie erinnerten mich die Farbe und das Muster sofort an meine Urlaube in der Provence. Vor meinem geistigen Auge sah ich schon, wie die Vorhänge bei offenem Fenster vom lauen Sommerwind aufgebläht wurden und lustig hin und her flatterten.

«Mathilda?»

Marie holte mich aus der Provence zurück.

«Wie findest du ihn?»

«Er ist perfekt», sagte ich.

Sicherheitshalber fragten wir noch Leyla um ihre Meinung, und auch sie fand den Stoff für unsere Zwecke bestens geeignet. Also kauften wir zweiundzwanzig Meter lavendelfarbenen Vichykarostoff und fuhren gut gelaunt zurück ins Restaurant.

Als wir dort eintrafen, waren Jacques und Antoine immer noch nicht aus dem Baumarkt zurück.

«Sie brauchen lange», stellte ich mit Blick auf meine Armbanduhr fest. Es war schon fast Mittag.

«Wenn Männer in den Baumarkt gehen, brauchen sie immer lange», sagte Marie. «Das ist ein Naturgesetz, und daran wird niemand je etwas ändern können.»

Marie wickelte den Stoff ein Stück ab und hielt ihn an eines der Fenster, die außen weinumrankt waren. «Guck mal, Mathilda. Wie sieht das aus?»

Ich ging fünf Schritte zurück, verschränkte die Arme vor der Brust und versuchte mir vorzustellen, der Stoff wäre bereits eine Gardine. Das fiel mir nicht schwer.

«Toll», sagte ich. «Das war ein guter Kauf.»

Marie nickte zufrieden und legte den Stoffballen beiseite. «Und jetzt aben wir uns eine kleine Stärkung verdient», sagte sie und schlüpfte durch die Schwingtür in die Küche. Ich setzte mich auf einen der wackligen Stühle und sah mich noch einmal um. Wenn wir hier fertig waren, würde es nicht wiederzuerkennen sein. Das war klar.

Marie kam zurück. In der Hand trug sie ein Tablett, auf dem sie ein Körbchen mit köstlich duftendem selbstgebackenem Brot, ein Schälchen Oliven, verschiedene Pasteten und eine Karaffe mit Wasser balancierte.

«Das ist genau das, was ich jetzt brauche», sagte ich dankbar, und beim Anblick der köstlichen Kleinigkeiten aus Jacques' Küche lief mir das Wasser im Mund zusammen.

«Voilà. Greif zu», sagte Marie.

Das ließ ich mir nicht zweimal sagen. Und während wir mit großem Appetit aßen, kamen wir ins Plaudern, und ich stellte fest, dass Marie gar nicht so ruhig war, wie ich zuerst gedacht hatte. Im Gegenteil, wenn sie richtig loslegte, dann kam sie aus dem Reden gar nicht mehr raus. Und so erfuhr ich während dieser kleinen Zwischenmahlzeit, warum Jacques und Marie damals, vor sechzehn Jahren, mit dem kleinen Antoine im Gepäck nach Deutschland gekommen waren. Jacques war nämlich gar kein waschechter Franzose.

Sein Großvater mütterlicherseits war ein Deutscher gewesen. Nachdem er gestorben war, erreichte Jacques ein Brief aus Deutschland, aus dem hervorging, dass er der Erbe eines Restaurants in Köln-Nippes war – dem heutigen L'Auberge. Zunächst wollte Jacques das Erbe ausschlagen, denn eigentlich hatte er sich nie vorstellen können, in Deutschland zu leben. Doch Marie war es, die ihn schließlich dazu überredet hatte, sich das Restaurant wenigstens einmal anzusehen. Damals war es noch einigermaßen gut in Schuss gewesen, und da Jacques in Frankreich eh gerade keine Arbeit hatte, hatten sie beschlossen, der schönen Provence zumindest vorübergehend den Rücken zu kehren und das Restaurant des Großvaters wieder zu eröffnen.

Und heute, sechzehn Jahre später, lebten sie immer noch hier. Es hatte eine ganze Weile gedauert, bis sich Jacques und Marie hier so richtig heimisch gefühlt hatten. Aber im Laufe der Jahre hatten sie hier Freunde gefunden, und an das ewig schlechte Wetter hatten sie sich auch irgendwann gewöhnt. Nach Frankreich fuhren sie immer, wenn es irgendwie möglich war, aber nur noch zu Besuch. Ganz zurückzugehen war eigentlich schon längst keine Option mehr gewesen. Köln war ihr Zuhause geworden. Und wenn das neue Konzept für das L'Auberge griff, würde das auch so bleiben, dachte ich.

Wir waren gerade mitten im schönsten Gespräch, als Jacques und Antoine endlich vom Baumarkt zurückkehrten.

«Was ist denn das ier?», rief Jacques gespielt empört. «Kaffeekränzchen?»

«So was Ähnliches», lachte Marie. «Aber jetzt machen wir uns wieder an die Arbeit.»

Wir zeigten stolz unseren Vorhangstoff, und dann schnappte ich mir das Paket und radelte nach Hause. Während die anderen Tapeten abrissen, wollte ich schon mal zu nähen beginnen.

Für den nächsten Tag stand Wändestreichen auf dem Programm. Ich hatte Kalle angerufen, und sogar Greta kam vorbei. Wir zogen uns alte Klamotten an, räumten sämtliche Möbel raus und begannen, die Farbrollen zu schwingen. Im Team machte die Arbeit richtig Spaß. Trotzdem hatte ich die ganze Zeit das Gefühl, dass wir nicht vollständig waren, und ich musste nicht lange nachdenken, um herauszufinden, wer mir fehlte: Es war Trudi, die ich so schmerzlich vermisste. Ich dachte oft an sie, und jetzt tat ich es wieder.

«Was ist los?», fragte Antoine, als er sah, dass ich unglücklich ausschaute.

«Ach, nichts. Es ist nur … Trudi fehlt mir!»

«Mir auch!», seufzte Kalle, und als wir ihn alle ansahen, wurde er rot.

«Hast du mal mit ihr telefoniert?»

«Ja, gestern. Sie hat mich angerufen», sagte er stolz.

«Echt? Wie geht es ihr in Rimini?», fragte ich neugierig.

«Ganz gut. Sie hat ein nettes Mädchen kennengelernt, mit dem sie viel am Strand abhängt.»

Das versetzte mir einen Stich. Eigentlich sollte ich jetzt das nette Mädchen sein, mit dem sie viel am Strand abhängt. Stattdessen nähte ich Vorhänge und strich Wände an.

«Schön, dass es ihr gutgeht», sagte Greta.

Ich nickte. Ja, schön, dachte ich. Wie gern wäre ich jetzt bei ihr.

Um mich von Trudi und ihrer neuen Strandfreundin abzulenken, klotzte ich richtig ran, und die anderen hielten mit. Der Tag verging wie im Flug, und am Abend betrachteten wir zufrieden unser Werk: Das Restaurant war fertig gestrichen. Die weißen Wände strahlten so viel Helligkeit ab, dass es kaum wiederzuerkennen war. Nur der weinrotweiß karierte Fliesenboden ließ noch zu wünschen übrig. Ich nahm mir vor, mich morgen darum zu kümmern. Jetzt hatten wir uns erst mal alle eine Belohnung verdient. Antoine, Greta, Kalle und ich beschlossen, schnell nach Hause zu fahren und zu duschen, um uns dann direkt nebenan im «Mexicana» wieder zu treffen. Dort gab's nämlich leckeres mexikanisches Essen, noch leckerere alkoholfreie Cocktails und eine Happy Hour, in deren Genuss wir, wenn wir uns jetzt alle beeilten, noch kommen würden.

Wir waren wirklich alle vier echte Schnellduscher, und so waren wir tatsächlich schon eine Stunde später wieder vereint. Wir hatten noch einen Platz draußen vor dem «Mexicana» ergattert, was bei dem strahlend schönen Wetter ein echter Glücksfall war. So konnten wir dem bunten Treiben auf dem kleinen Schillplatz zusehen, während wir unsere bunten Cocktails schlürften und ungeduldig auf unser Essen warteten. Wir hatten alle einen Bärenhunger.

«Ich werde mich morgen um den Boden kümmern», sagte ich.

«Ich helfe dir!», bot sich Greta an.

«Super. Das wird bestimmt eine Heidenarbeit.»

«Zusammen kriegen wir das hin!», erwiderte Greta. «Und was macht ihr morgen, Jungs?»

«Ich werde mit meinem Vater die Stühle und Tische abschleifen. Kalle, hilfst du uns?»

Kalle nickte. «Ich kann aber erst nachmittags. Ihr wisst schon, der Markt.»

Antoine nickte. «Der Fisch ruft!»

«Meine Eltern helfen auch, haben sie gesagt. Sie wollen am Nachmittag vorbeikommen», erklärte ich.

«Das ist ja super. Vielleicht werden wir mit dem Vorstreichen der Möbel schon morgen fertig!», frohlockte Antoine.

Dann kam endlich unser Essen, und wir hörten auf, über das Restaurant und die Arbeit zu sprechen. Während wir unsere Tortillas in Rekordgeschwindigkeit verdrückten, erzählten Greta, Kalle und ich stattdessen lustige Geschichten aus unserer Schule, und Antoine erzählte lustige Geschichten von seinen skurrilen Verwandten in Frankreich. Zwischendurch sah er mir dabei immer wieder tief in die Augen, und jedes Mal, wenn er das tat, sauste die Achterbahn durch meinen Bauch.

Es war schon lange dunkel, als wir uns endlich fröhlich verabschiedeten. Der Abend war richtig nett gewesen.

Trotz des langen Vorabends stand ich am nächsten Morgen pünktlich um neun Uhr im L'Auberge auf der Matte. Antoine, Jacques und Marie empfingen mich herzlich und nötigten mich, erst mal in Ruhe einen großen Café au Lait und ein leckeres Buttercroissant zu mir zu nehmen. Das ließ ich mir nicht zweimal sagen. Kurze Zeit später trudelte auch Greta ein. Auch sie kam nicht umhin, noch ein Croissant zu essen, bevor wir endlich loslegen konnten.

Marie hatte gestern noch Schmierseife, Scheuermittel und Wurzelbürsten besorgt. Es war also alles da, was wir brauchten, und so fanden wir uns kurze Zeit später kniend auf dem Steinboden des L'Auberge wieder. Wir schrubbten, was das Zeug hielt, und das war auch nötig. Die fast hundert Jahre alten Steinfliesen ließen sich nicht so einfach reinigen, wie wir dachten. Wir mussten jede einzelne, kleine Fliese ewig bearbeiten, um sie von Schmutz und Patina des letzten Jahrhunderts zu befreien.

Nach zwei Stunden Arbeit hatten wir gerade mal zwei Quadratmeter geschafft. Das war nicht viel, aber dafür konnte sich das Ergebnis sehen lassen: Die kleine Fläche sah aus wie neu.

«Ich brauch mal 'ne Pause», stöhnte Greta irgendwann, stand auf und rieb sich die schmerzenden Knie. «Außerdem brauchen wir noch einen zweiten Eimer. Ich geh schnell zum Supermarkt und besorge uns einen, okay?»

«Okay», nickte ich. Es war zwar nicht so, als hätte ich nicht auch eine kleine Pause vertragen können, doch ich nahm mir vor, vorher noch die Fliese, die ich gerade in Bearbeitung hatte, fertig zu schrubben.

Während Greta also Richtung Supermarkt unterwegs war, malträtierte ich den Boden weiter mit Bürste und Scheuermittel, dass der Schaum nur so spritzte.

«Die arme Fliese», hörte ich da plötzlich jemanden hinter mir sagen. Ich zuckte ein wenig zusammen und sah mich um. Da stand Antoine, grinste und sah unverschämt gut aus in seinem Blaumann, und das, obwohl der Blaumann eigentlich eher wie ein Graumann aussah. Antoine hatte die letzten beiden Stunden damit verbracht, Sitzmöbel abzuschleifen, was anscheinend eine ziemlich staubige Angelegenheit war. Sogar sein Gesicht und seine Haare waren grau. Wenn er sich nicht bewegt hätte, hätte man glauben können, er sei eine Statue aus Stein.

«Die armen Möbel», entgegnete ich lachend und richtete mich auf. «Mann, das hier ist ganz schön anstrengend», sagte ich und deutete auf den schmutzigen Fliesenboden.

«Wo ist Greta?», fragte Antoine.

«Sie kauft einen zweiten Putzeimer und macht kurz Pause.»

«Und du? Willst du keine Pause machen?»

«Doch, gleich.»

«Wie wär's mit jetzt?» Antoine kam näher und musterte mich. Ich trug schmutzige alte Jeans, ein ausgewaschenes weites T-Shirt, und meine Haare hingen mir strähnig vom Kopf.

«Du siehst wunderschön aus», sagte er plötzlich leise. Ich sah an mir hinunter. «Na ja», erwiderte ich zweifelnd.

«Komm mal her!», lächelte er.

Ich kam näher. Antoine nahm mein verschmutztes Gesicht in beide Hände. «Darf ich?», fragte er, doch meine Antwort wartete er gar nicht mehr ab. Seine Lippen näherten sich meinen, und dann küsste er mich. Ganz sanft und vorsichtig, genauso wie man küssen sollte, wenn es der erste Kuss war. Ich schloss die Augen und küsste ihn zurück. Ebenso sanft und vorsichtig, wie er es tat. Und da sauste die Achterbahn plötzlich mit Höchstgeschwindigkeit und mehreren Loopings durch meinen ganzen Körper, und ich musste kurz aufhören, ihn zu küssen, weil mir der Atem wegblieb. Aber nur ganz kurz. Dann küssten wir uns noch mal, genauso sanft und vorsichtig wie eben. Seine Lippen fühlten sich ganz weich an. Es war ein unglaubliches Gefühl, und am liebsten hätte ich nie wieder aufgehört. Irgendwann hielt Antoine inne und sah mir tief in die Augen.

«Je t'aime», flüsterte er.

«Ich liebe dich auch», hauchte ich, und das war nicht gelogen, denn gerade, mitten beim Küssen, hatte ich es plötzlich gewusst: Ich liebte ihn wirklich. Ich liebte ihn sogar sehr.

Glückselig schmiegte ich meinen Kopf an seine staubige Schulter, und er strich mir sanft über das Haar. Dann küsste er mich nochmal. Wow! Es war der Hammer. Wir vergaßen alles um uns herum. Für den Moment gab es nur uns beide und sonst niemand auf der Welt. Bis, ja bis …

«Stör ich?», hörten wir Greta plötzlich sagen.

Antoine und ich zuckten beide zusammen, denn für einen Augenblick hatten wir ganz vergessen, dass wir mitten in der Baustelle standen und dass es hier eigentlich wie im Taubenschlag zuging. Erschrocken blickten wir Greta an. Grinsend stand sie da, in der einen Hand einen Putzlappen, in der anderen einen nagelneuen blauen Eimer.

«Ehrlich gesagt: ja!», sagte Antoine schließlich ein wenig

verlegen. «Aber ich muss jetzt sowieso wieder an die Arbeit.» Er hauchte mir noch einen letzten Kuss auf die Stirn, ehe er in Richtung Küche verschwand.

«Du hast Staub im Gesicht», sagte Greta trocken. «Hab ich was verpasst?»

«Ja, hast du», sagte ich und lächelte verträumt vor mich hin.

«Seid ihr jetzt zusammen?»
Ich nickte.

Greta sah mich erwartungsvoll an. Ich hätte ihr jetzt von unserem Kuss erzählen können und von der Achterbahn, die immer noch Loopings in meinem Bauch drehte. Und davon, dass ich mitten beim Küssen festgestellt hatte, dass ich Antoine wirklich liebte, doch das alles behielt ich lieber für mich. Ich wollte es niemandem erzählen, denn es war etwas ganz Besonderes, das da eben zwischen mir und Antoine gewesen war. Das ging keinen etwas an. Nur ihn und mich. Und so arbeiteten wir einfach weiter, als sei nichts gewesen, doch während ich die Fliesen schrubbte, konnte ich an nichts anderes mehr denken als an Antoine und wie wir uns geküsst hatten. Und obwohl er nur nach nebenan gegangen war, vermisste ich ihn schmerzlich. Sehnsüchtig lauschte ich dem Dröhnen seines elektrischen Schwingschleifers, das lautstark zu uns herüberschallte. Das musste wahre Liebe sein.

Am Abend trafen wir uns wieder alle beim Mexikaner. Eigentlich wäre ich viel lieber mit Antoine allein gewesen, doch Jacques und Marie, die heute Abend auch mit von der

Partie waren, ließen keine Widerrede gelten. Es wurde wieder ein schöner Abend, denn Antoine und ich hatten es wenigstens geschafft, dass wir nebeneinandersaßen. So konnte er ab und zu mein Knie berühren oder mir unauffällig über den Rücken streichen. Trotzdem konnte ich es kaum erwarten, dass der Abend zu Ende ging, denn ich wollte ihn heute unbedingt noch einmal küssen. Irgendwie konnte ich an gar nichts anderes mehr denken. Antoine hatte mir versprochen, mich nach Hause zu bringen. Und dann würde es so weit sein.

Als alle endlich ihren letzten Cocktail getrunken hatten, holte Antoine schnell sein Fahrrad von zu Hause und radelte, wie versprochen, mit mir gemeinsam in die Sieboldstraße. Dort angekommen, stellten wir unsere Räder auf dem Bürgersteig vor unserem Haus ab, und Antoine nahm mich ganz fest in den Arm. Und dann küssten wir uns wieder. Endlich. Wir küssten uns endlos lange, und ich war Mama sehr dankbar, dass sie nicht auf das Motzgesicht gehört und die Lorbeerhecke geschnitten hatte, denn so bot sie uns guten Sichtschutz vor Mamas und Papas neugierigen Blicken. Am liebsten hätten wir die ganze Nacht so weitergemacht, doch irgendwann steckte Papa doch seinen Kopf aus der Haustür und rief: «Mathilda, bist du das?»

Er hatte uns anscheinend gehört.

«Ja, ich bin es!», rief ich schnell. Ich drückte Antoine noch einen Kuss auf den Mund. «Ich muss gehen», flüsterte ich.

«Schlaf gut und träum was Schönes», flüsterte Antoine zurück. «Von mir!»

Ich beschloss, fürs Erste darauf zu verzichten, Mama und Papa in Sachen Antoine reinen Wein einzuschenken, denn wenn ich es täte, würden sie mich bis zum Umfallen mit Fragen bombardieren. Doch ich wollte jetzt keine Fragen beantworten. Ich wollte mich einfach in mein Bett legen, glücklich an die Decke starren und an Antoine denken. Natürlich würde ich ihnen irgendwann erzählen, dass wir ein Paar waren, aber nicht heute Abend.

Als ich in die Küche kam, wurde ich allerdings das Gefühl nicht los, dass sie es längst ahnten.
«Na, alles klar?», fragte Mama betont beiläufig. Sie saß am Küchentisch und las Harry Potter. Meine Mutter las gerne meine Bücher. In diesem Fall war Lesen allerdings nicht der richtige Ausdruck, denn als ich genauer hinsah, bemerkte ich, dass sie das Buch falsch herum hielt.
Ich nickte. «Ja, alles klar!», sagte ich. «Und bei dir? Ist gut, das Buch?» Ich grinste.
Mama sah auf das Buch, und in diesem Moment bemerkte auch sie, dass sie es auf dem Kopf hielt. «Äh, ja. Ich hab noch gar nicht richtig angefangen ...», stammelte sie verlegen.
«Ich sehe es», erwiderte ich trocken. Natürlich war mir völlig klar, dass sie bis eben noch am Küchenfenster gestanden hatte, in der Hoffnung, doch einen kurzen Blick auf mich und Antoine erhaschen zu können. Und sicher hatte sie sich auch ein ganz klein wenig über sich selbst geärgert, weil sie nicht auf Motzgesicht gehört hatte.

Den Rest der Woche verbrachte ich fast ausschließlich im L'Auberge. Ich strich, putzte, hämmerte und wienerte, dass die alten Holzbalken nur so krachten, und ich war erstaunt, wie viel Spaß das Arbeiten machte, wenn man verliebt war. Antoine und ich verbrachten jede Sekunde, die möglich war, miteinander. Wir waren glücklich und verliebt. Jeden Abend, wenn ich im Bett lag, schwor ich mir, dass ich ihn nie wieder gehen lassen würde.

Ich hatte wirklich tolle Eltern, sie halfen mit und freuten sich mit mir und Antoine. Doch auch wenn man noch so tolle Eltern hat, alles möchte man ihnen trotzdem nicht erzählen. Einer besten Freundin hingegen, der erzählt man alles! Doch eine beste Freundin hatte ich nicht mehr, und das war der einzige große Wermutstropfen, der mein Glück mit Antoine trübte. Ich vermisste Trudi von Tag zu Tag mehr, und ich wünschte mir nichts sehnlicher, als dass sie mir verzieh. Doch Trudi war noch immer in Rimini und hatte dort anscheinend längst eine neue Freundin gefunden.

Am Wochenende würde sie wiederkommen. Das wusste ich von Kalle, der schon nervös auf seine nächste Handyrechnung wartete, da er täglich mit Trudi telefonierte und simste. Ich nahm mir vor, es sofort nach Trudis Rückkehr noch einmal bei ihr zu versuchen. Vielleicht war ja jetzt genug Gras über die Sache gewachsen.

14
monsta

Und dann trübte noch etwas mein großes Glück mit Antoine. Dieses Etwas reiste mit vier Koffern und drei Reisetaschen an, machte sich im Gästezimmer der Duponts breit und wich von der ersten Sekunde ihres Eintreffens an nicht mehr von Antoines Seite. Ihr Name war Ophelia, und das, was Antoine zuvor als harmlose Sandkastenliebe beschrieben hatte, entpuppte sich nun als achtzehnjähriges männerfressendes Monster im knappen Designeroutfit und, was noch schlimmer war, als seine Ex. In irgendeinem seiner zahlreichen Frankreichurlaube hatten Antoine und Ophelia ihre Sandkastenliebe wieder aufleben lassen und waren plötzlich ein Paar gewesen – vorübergehend zumindest. Als ich das so ganz nebenbei erfuhr, begannen wieder alle Alarmglocken in meinem Kopf wie wild zu bimmeln, denn mit Ex'en hatte ich seit Jonas weiß Gott schlechte Erfahrungen gemacht. Mir schwante, dass auch der Besuch Ophelias nichts Gutes für mich bedeuten würde.

Nachdem Ophelia mehrere Tonnen Gepäck in die Dupont'schen Schränke gequetscht hatte, kam sie rüber ins L'Auberge und begrüßte die anwesende arbeitende Bevölkerung mit leicht arrogantem Gesichtsausdruck. Groß, schlank und blond stand sie mitten im Raum und sah sich ein wenig angewidert um. Ist ja auch ganz schön schmutzig hier, dachte ich gehässig. Das ist natürlich nichts für perfekt manikürte Fingernägel und die zum Nagellack passende Pradatasche. Ein kleiner Hoffnungsschimmer machte sich in mir breit. Diese eingebildete Kuh würde hier sicher keinen ihrer schlanken langen Finger krümmen. Und Antoine stand nicht auf Barbies. Antoine stand auf Frauen, die auch mal mit anpackten. Jawohl. Das hatte er mir selber gesagt.

«So, was kann isch tuen?», fragte sie Antoine in diesem Moment mit liebreizendem französischen Akzent und mädchenhaftem Augenaufschlag. Ich hätte sie umbringen können.

Antoine legte einen Arm um ihre Schultern. «Du hast eine anstrengende Reise hinter dir», sagte er. «Und deshalb hast du heute frei!»

Gut, dachte ich. Ich will dich nämlich hier nicht haben. Keiner will dich haben. Du störst.

«Oh non non non. Isch elfe eusch. Keine Widerrede!»

«Das ist übrigens Mathilda», sagte Antoine und deutete auf mich.

Ophelia kam auf mich zu und streckte mir lächelnd ihre manikürte Hand entgegen. «Isch eiße Ophelia!», sagte sie und strahlte mich an. Dann nahm sie meine vom Putzen raue, schmutzige Hand, die ich ihr schlaff entgegenhielt, und schüttelte sie überschwänglich. «Schön, disch kennenzulernen, Mathilda.»

Ich musste wirklich alle meine Gesichtsmuskeln mit Nachdruck dazu zwingen, auch so etwas wie ein Lächeln zustande zu bringen. Es gelang mir nur unter größter Anstrengung, denn am liebsten hätte ich sie mit meinem Blick für immer aus dem L'Auberge verbannt, oder besser noch, komplett des Landes verwiesen. Doch Ophelia hatte offenbar nicht die geringste Absicht, heute oder in nächster Zeit das Land zu verlassen. Zwar verschwand sie kurz, nachdem sie meine Hand endlich wieder frei gelassen hatte, doch sie tauchte viel zu schnell wieder auf – in einem Blaumann von Antoine. Ich hatte sie unterschätzt, was das Anpacken anging, denn nun spuckte sie tatendurstig in die Hände und schnappte sich einen Farbeimer.

«Steht dir gut, der Blaumann», lachte Antoine. «Stimmt doch, Mathilda, oder?»

Leider stimmte es wirklich. Ophelia war der Typ Frau, der selbst in einem Jutesack noch aussah wie ein Topmodel, und ich hasste sie dafür aus tiefstem Herzen.

«Ja, ganz toll», maulte ich missmutig.

«Was ist los?», fragte Antoine, und zum ersten Mal an diesem Tag schien ihm einzufallen, dass er sich vielleicht auch mal um mich kümmern könnte. Er kam zu mir herüber und nahm mich in den Arm.

«Nichts», sagte ich. «Wir sollten hier nur langsam mal anfangen, sonst werden wir nie fertig», hörte ich mich quengeln, und irgendwie mochte ich mich gerade selber nicht, wie ich so schlecht gelaunt und spielverderbermäßig rummeckerte. Aber ich konnte nicht anders, denn Ophelia hatte mir meine Laune gründlich verdorben. Und das Schlimmste war, dass kein Mensch wusste, wie lange sie bleiben würde. Die Vorstellung, dass Ophelia nun wochenlang im Gästezimmer der Duponts, sozusagen Ohr an Ohr mit Antoine, nächtigen würde, trug nicht gerade zur Besserung meiner Stimmung bei.

Antoine und Ophelia strichen zusammen die Heizung und plapperten ununterbrochen auf Französisch. Ich nehme an, über alte Zeiten. Leider verstand ich zu wenig, um das herauszuhören. Und wenn sie nicht plapperten, lachten sie, knufften sich gegenseitig in die Seite oder stülpten sich irgendwelche leeren Eimer über die Köpfe. Ich weiß nicht, wie das in Frankreich hieß, was sie da taten, aber ich nannte es Flirten. Heftiges Flirten sogar, und das vor meinen Augen. Zum Glück war inzwischen auch Greta eingetrudelt, und wir verzogen uns in die Küche, um sie auf Hochglanz zu polieren. Als wir Antoine und Ophelia nebenan wieder einmal laut lachen hörten, sagte Greta: «Und das lässt du dir gefallen?»

Ich zuckte mit den Schultern. «Was soll ich machen? Antoine sagt, sie ist nur eine gute Freundin. Sie haben sich halt ewig nicht gesehen.»

«Komisch, dass die meisten guten Freundinnen von Männern immer aussehen wie Topmodels und Körbchengröße D haben.»

Ich warf ihr einen fragenden Blick zu.

«Mein Ex-Freund, du weißt schon, der Moritz.»

Ich nickte, denn ich erinnerte mich schwach, dass Greta mal mit einem Moritz zusammen war.

«Also, der Moritz, der hatte auch so eine beste Freundin. Groß, schlank – sah aus wie Kristen Stewart aus Twilight.»

«Ja und?»

«Jetzt ist er mit ihr zusammen. Schon seit einem Jahr.»

«Okay», nickte ich. «Was willst du mir damit sagen?»

«Na, was wohl? Sei nicht so naiv. Das, was die da drüben machen, ist alles andere als harmlos. Sie gräbt deinen Antoine an, und zwar nach allen Regeln der Kunst.»

«Sie ist doch gerade erst gekommen, und sie haben sich halt einfach nur viel zu erzählen!», sagte ich und glaubte es selbst nicht.

Irgendwann wurde mir die ganze Sache zu blöd, und ich beschloss, nach Hause zu fahren. Die Vorhänge mussten noch fertig genäht werden, und das war die ideale Beschäftigung für mich, um wieder ein bisschen runterzukommen.

Ich ging zu Antoine und Ophelia, um mich zu verabschieden. Antoine war sichtlich überrascht. «Du gehst? Warum?» Er kam zu mir herüber und küsste mich vor den Augen Ophelias.

Na also, dachte ich und war schon fast wieder versöhnt.

«Bist du sauer?», fragte er leise und zog mich in die hintere Ecke, damit wir halbwegs ungestört waren.

Ich schüttelte den Kopf, doch Antoine kannte mich schon besser, als ich dachte.

«Du bist sauer», sagte er. «Ich hab sie lange nicht gesehen, weißt du? Und sie ist mein Gast. Ich muss mich um sie kümmern.»

«Geht schon in Ordnung», sagte ich. «Aber ich gehe jetzt trotzdem. Kümmere du dich um deinen Gast.»

«Je t'aime», flüsterte er mir ins Ohr und küsste mich noch einmal lange zum Abschied.

«Ich liebe dich auch», sagte ich und ging hinaus. Greta hatte unrecht, betete ich mir selbst vor. Ophelia war eine gute Freundin, die zufällig nun mal sehr gut aussah. Und Antoine liebte mich, das hatte er mir gerade deutlich gezeigt.

Nicht mehr ganz so schlecht gelaunt, radelte ich nach Hause, marschierte schnurstracks in mein Nähzimmer und widmete mich den Vorhängen. Ich brauchte dafür den ganzen restlichen Tag. Dann waren sie fertig, und ich betrachtete zufrieden mein Werk. Noch fünf Tage, dann sollte das L'Auberge wiedereröffnet werden. Mit einer großen Party. Ich freute mich schon und hoffte für Antoine und seine Eltern, dass die Gäste, die zuletzt so häufig ausgeblieben waren, wieder kommen würden.

Am Samstag war es dann endlich so weit. Die große Eröffnungsparty im L'Auberge konnte steigen. Wir hatten alles noch in letzter Minute fertig gekriegt, und jetzt erstrahlte das Restaurant in neuem Glanz. Und es war wirklich nicht wiederzuerkennen. Alles war hell und luftig. Die alten Stühle und Tische waren aufgemöbelt und weiß gestrichen worden. Henriette war gekommen und hatte mit einem detaillierten Tisch- und Stühle-Plan für gutes Karma gesorgt. Für gutes Karma sorgten aber auch meine Vorhänge, die bei geöffneten Fenstern luftig im Wind flatterten. Genauso, wie ich es mir immer vorgestellt hatte. Mama hatte Jacques und Marie tatsächlich ihr Bild vom explodierten Schwan geschenkt. Es hatte einen Ehrenplatz über dem größten Tisch im Restaurant bekommen. Ja, und der Boden – der Boden sah aus wie neu. Im Gegensatz zu meinen Händen, die diesen Boden tagelang bearbeitet hatten. Die sahen aus wie alt. Uralt. Aber die Mühe hatte sich gelohnt. Nun standen wir alle in dem nagelneuen, noch leeren Restaurant: Jacques in blütenweißem Kochkittel, Marie in einem wunderhübschen luftigen Kleid, Antoine, Greta, Kalle und ich. Ach ja, und natürlich Ophelia. In den letzten Tagen hatte ich mir große Mühe gegeben, nicht eifersüchtig zu sein, und zum Glück war dafür auch kaum Zeit gewesen, denn wir hatten wirklich alle fast bis zum Umfallen geschuftet. Ich sah auf die Uhr. Es war Punkt acht Uhr, und mit dem Glockenschlag, den wir von der kleinen St. Marienkirche auf der anderen Seite des Platzes hörten, ging die Tür auf, und die ersten Gäste erschienen. Es waren Mama, Papa und Henriette, die ebenso gut gekleidet wie gelaunt eintraten. Natürlich wurden sie von uns mit großem Hallo begrüßt, und weil sie die ersten Gäste waren, durften sie sich den besten Platz aussuchen. Sie mussten sich damit beeilen, denn plötzlich ging es Schlag auf Schlag. Immer mehr Gäste trudelten ein. Viele waren von Jacques und Marie eingeladen worden, aber es kamen auch Leute, die wir nicht kannten. Es hatte sich wohl herumgesprochen, dass hier etwas Schönes, Neues entstanden war. Und so war das L'Auberge bereits um halb neun Uhr brechend voll. Wie gut, dass Marie so geistesgegenwärtig gewesen war, auch draußen Tische und Stehtische aufzubauen. So fand jeder noch ein kleines Plätzchen. Zu essen war auch genug da, denn Jacques hatte heute den ganzen Tag in der Küche gestanden, um köstliches Fingerfood zu-

zubereiten. Pedro vom «Mexicana» hatte sich bereit erklärt, im L'Auberge seine köstlichen Cocktails zu mixen, was von den Gästen dankbar angenommen wurde. Und so wurde die Eröffnungsparty zu einem gelungenen Fest. Alle Helfer und Gäste amüsierten sich prächtig. Alle, außer einer, und diese eine war ich. Es war mal wieder Ophelia, die mich daran hinderte, denn wie immer umgarnte sie Antoine den ganzen Abend, und ihm schien es nicht so schlecht zu gefallen. Er hatte mir zwar in der letzten Woche immer wieder beteuert, wie sehr er mich liebte, aber ich hatte Augen im Kopf und ein ganz untrügliches Gefühl im Bauch. Er entglitt mir von Tag zu Tag mehr.

Im Laufe des Abends hatte ich mich mit Henriette an einen der Tische draußen gesetzt. Mama und Papa plünderten drinnen nun schon zum dritten Mal Jacques' köstliches Buffet. Es war eine laue Sommernacht. Wetterhoch Albert wollte uns anscheinend die ganzen Ferien erfreuen. Und auch wenn die Dämmerung Einzug hielt, war es immer noch angenehm warm. Ich liebte solche lauen Sommernächte, doch heute konnte ich mich nicht mal daran erfreuen. Grimmig beobachtete ich Ophelia, die zusammen mit Antoine und einigen seiner Freunde an einem Stehtisch stand. Sie trank Fassbrause und schmiegte sich dabei immer wieder wie zufällig an meinen Freund. Er schien das zu genießen, legte dann und wann einen Arm um sie und plapperte fröhlich auf Französisch mit ihr. Natürlich sah sie umwerfend aus. Sie trug irgendeinen luftigen, extrem kurzen Sommerfetzen, der viel Haut zur allgemeinen Besichtigung freigab, und ja: sie konnte es tragen. Sie sah zum Anbeißen aus. Ich sah aber auch nicht schlecht aus, dachte ich trotzig. Zumindest hatte ich das zu Hause vor dem Spiegel noch gedacht. Ich trug ein enganliegendes hübsches Sommerkleidchen, das mir ausgesprochen gut stand, doch neben Ophelia fühlte ich mich trotzdem klein und hässlich.

Henriette hatte mich die ganze Zeit beobachtet, war meinem Blick gefolgt und räusperte sich nun lautstark. Ich sah zu ihr hinüber.

«Wer ist das?», fragte sie und deutete mit dem Kinn in Richtung Ophelia.

«Oh, das ist Ophelia. Sie ist eine gute Freundin von Antoine aus Frankreich. Sie wohnt zurzeit bei den Duponts im Gästezimmer.»

«Mhmmm. Ziemlich gute Freundin. Bleibt sie länger?»

«Ja.»

«Wie lange?»

«Weiß keiner. Sie will sich einen Job und eine Wohnung suchen, aber im Moment macht sie noch keine Anstalten.»

«Und? Bist du eifersüchtig?»

Henriette verstand es wirklich, immer die richtigen Fragen zu stellen.

«Ich? Eifersüchtig? Nö!», log ich.

«Nö?»

«Nö!»

«Solltest du aber sein!»

«Wie gesagt: Sie ist nur noch eine gute Freundin!»

«Nur noch?»

«Antoine war mal vor Ewigkeiten mit ihr zusammen.»

«Wenn sie sich weiter so ins Zeug legt, dann ist er's bald wieder!»

«Aber was soll ich denn machen?», rief ich da plötzlich mit verzweifelter Stimme. Henriettes schonungsloses Urteil machte mir Angst. Ich wusste, dass sie recht hatte. Wenn ich nichts unternahm, würde ich Antoine verlieren, auch wenn er mir immer wieder das Gegenteil beteuerte. «Wenn ich jetzt hingehe, komme ich mir vor wie eine eifersüchtige alte Wachtel», jammerte ich. «Wie stehe ich denn da vor ihm, Ophelia und seinen Freunden?»

«Du hast recht. Es ist besser, sich rar zu machen. Vielleicht kommt er dann zur Vernunft.»

In diesem Moment drehte Antoine sich zu mir um. Vielleicht hatte er unsere Blicke in seinem Rücken gespürt. Er sah mich, lächelte und winkte mir zu.

Ich winkte müde zurück. Ein Lächeln brachte ich nicht zustande.

Da kam Antoine zu mir rüber, schnappte sich einen gerade frei gewordenen Stuhl vom Nebentisch und setzte sich neben mich. «Alles klar, mon Amour?», fragte er, legte einen Arm um meine Schultern und küsste mich auf den Mund.

«Pardon, Madame», lächelte er. «Aber das musste jetzt sein.» Dann wandte er sich wieder mir zu. «Tut mir leid, dass ich mich so wenig um dich kümmere», sagte er sanft. «Aber es sind so viele Gäste da, die alle mit mir reden wollen.»

Ich verkniff mir zu sagen, dass er ja hauptsächlich mit Ophelia redete. «Schon gut», sagte ich also tapfer.

«Sieht Mathilda nicht wunderschön aus?», fragte er Henriette.

Henriette nickte ernst. «Ja, sie ist ein tolles Mädchen. Du solltest dich gut um sie kümmern.»

«Oh ja, das werde ich», sagte Antoine und küsste mich noch einmal. «Aber jetzt muss ich mich um die anderen Gäste kümmern. Bis später!»

Und da war er schon wieder weg, und wenig später hing schon wieder Ophelia an seinem Hemdzipfel. «Diese Frau ist die Pest!», zischte ich.

«Ja!», nickte Henriette. «Die lässt nicht locker. Die will dir Antoine ausspannen. Kein Wunder. Er ist ein toller Kerl! Lass ihn dir nicht wegnehmen.»

«Nein, diesen Stern lass ich mir nicht wieder klauen. Ich muss mir nur noch ein Konzept überlegen, wie ich es anstelle, diese Ophelia wieder loszuwerden.»

«Mach das!», sagte Henriette. «Und wenn du einen guten Rat brauchst, dann komm zu mir!»

«Schön, dass es dich gibt», seufzte ich. «Wenn ich schon keine beste Freundin mehr habe, dann hab ich doch wenigstens eine beste Nachbarin!»

«Hast du denn noch etwas von Trudi gehört?»

Ich schüttelte traurig den Kopf. «Sie muss heute wieder aus dem Urlaub zurückgekommen sein.»

«Dann solltest du noch einmal versuchen, mit ihr zu sprechen.»

«Das habe ich mir fest vorgenommen. Aber irgendwie habe ich Angst davor. Ich traue mich nicht so richtig.»

«Dann schreib ihr doch einen Brief.»

Ich nickte. «Ja, vielleicht mache ich das», sagte ich.

In diesem Moment hörten wir, dass drinnen die Musik aufgedreht wurde. Antoine hatte unseren DJ Daniel engagiert. Es war vereinbart, dass er zu späterer Stunde die Tische drinnen beiseiteräumen und dann tanzbare Musik auflegen sollte.

Ich sah auf die Uhr. Es war elf. Jetzt würde der lustige Teil des Abends beginnen, und ich fragte mich, ob er auch für mich lustig werden würde.

Henriette verabschiedete sich, und auch Mama und Papa beschlossen, nach Hause zu fahren. «Wir lassen euch jungen Leute jetzt allein», lachte Papa. «Aber komm nicht so spät und fahr auf keinen Fall allein nach Hause», ermahnte er mich.

«Ja, ja», murmelte ich abwesend und hielt Ausschau nach Antoine. Draußen war er nicht mehr.

Nachdem Mama, Papa und Henriette gegangen waren, ging ich hinein, um ihn zu suchen, denn jetzt, so sagte ich mir, sollte Schluss sein mit Trübsal blasen. Ich wollte mich amüsieren, und zwar gemeinsam mit Antoine. Sollte Ophelia doch sehen, wo sie blieb.

Als ich reinkam, musste ich mich erst mal an die schummerige Dunkelheit gewöhnen. Nachdem mir das gelungen war, sah ich, dass die Tanzfläche schon ziemlich voll war. Daniel hatte wirklich ein Händchen für gute Songs. Wo immer er auflegte, stürmten die Leute sofort die Tanzfläche. Gerade dröhnten Culcha Candela ihr ‹Monsta› ins L'Auberge hinein: *Die Nacht ist jung und ich will was erleben ...* Ich hielt nach Antoine Ausschau. *Roll auf der Piste, denn ich muss mich bewegen ...*

Dann sah ich ihn. Er war bereits auf der Tanzfläche, und

natürlich war noch jemand da: Ophelia. Ich schnappte nach Luft! Sie tanzte Antoine sexy an. *Ich seh 'ne Top-Braut, und sie sieht mich auch*, dröhnte es aus den Lautsprechern. Antoine tanzte sexy zurück. Ach, sexy war gar kein Ausdruck. Ich würde sagen, er war kurz davor, sie anzufallen. *Sie hat den Monsta-Body mit dem Monsta-Blick, und ihr Monsta-Boom-Boom gibt mir den Kick ...*

Was sollte das werden? Ein Fruchtbarkeitstanz? Jetzt reichte es! Ich spürte, wie sich ohnmächtige Wut in mir breitmachte, und das, was sonst als Achterbahn durch meinen Körper fuhr, wenn ich Antoine sah, verwandelte sich nun innerhalb einer Zehntelsekunde in einen Monstertruck, der laut wummernd in meinem Bauch unterwegs war und dort irgendwie viel zu wenig Platz hatte.

Fahr deine Krallen aus. Kratz mir den Rücken auf ...

In diesem Augenblick implodierte der Monstertruck in mir mit großem Getöse, und ich marschierte wild entschlossen auf die Tanzfläche. Ich baute mich vor Ophelia auf, holte weit aus und verpasste ihr eine schallende Ohrfeige, die sogar Culcha Candela übertönte. Dann drehte ich mich zu Antoine um. Er starrte mich entsetzt an, doch das war mir egal. Ich holte nochmal aus, und dann verpasste ich auch ihm eine Ohrfeige, die sich gewaschen hatte. Ich registrierte, dass sich die meisten Leute, die bis eben noch wild auf der Tanzfläche gezappelt hatten, sich zu uns umgedreht hatten und mich fassungslos ansahen. Ich rannte hinaus, blind vor Wut und von all den Tränen, die mir jetzt wie Sturzbäche das Gesicht runterliefen.

15
glück im unglück

Ich schloss mein Fahrrad auf und radelte entgegen den Anweisungen meiner Eltern allein nach Hause.

Als ich dort ankam, schlich ich nach oben in mein Zimmer und war heilfroh, dass Mama und Papa schon schliefen. Ich hätte nicht mehr die Kraft gehabt, ihnen zu erklären, was passiert war.

Bäuchlings warf ich mich auf mein Bett und weinte bitterlich. Ich weinte um Antoine, denn ich war mir sicher, dass er nun nichts mehr mit mir zu tun haben wollte. Ich weinte, weil ich zwei Menschen geschlagen hatte, was eigentlich gar nicht meine Art war, und ich weinte um meine beste Freundin Trudi, die ich wahrscheinlich für immer verloren hatte und die ich gerade jetzt so schmerzlich vermisste wie noch nie.

Ich weiß nicht, wie lange ich da so schluchzend auf meinem Bett gelegen hatte, doch irgendwann waren meine Tränen versiegt. Schlafen konnte ich trotzdem nicht. Der fast volle Mond schien durch den großen Lindenbaum in mein Fenster hinein. Ich stand auf, schlich mich hinunter in die Küche und holte mir eine Flasche Mineralwasser aus dem Kühlschrank. Ich war zu faul, mir ein Glas zu nehmen. Deshalb trank ich direkt aus der Flasche. Als mein Durst gelöscht war, war sie sowieso fast leer. Ich schlich mich wieder hinauf in mein Zimmer, schlüpfte in mein weißes Nachthemd und kuschelte mich in mein Bett.

Wieder einmal lag meine kleine Welt in Trümmern. Was machte ich nur falsch? Ach Trudi, dachte ich. Wie gern würde ich jetzt mit dir über diese Frage philosophieren! Es gibt niemanden, mit dem man so schön über Sinn und Unsinn unseres kleinen, meistens ganz schön schweren Lebens sinnieren kann. Niemanden, der trotz Liebeskummer, schlechten Zeugnissen und blöden Lehrern so viel Optimismus verbreiten konnte, dass es ansteckend war. Niemanden, der so gut trösten konnte und so gut zuhören. Und da kam mir plötzlich in den Sinn, was Henriette vorhin gesagt hatte. «Schreib ihr doch einen Brief», hatte sie vorgeschlagen, und plötzlich erschien es mir, als sei das genau der richtige Weg. Ich sprang auf, knipste meine Schreibtischlampe an und angelte aus meiner Schublade einen Stift und einen Bogen Briefpapier mit einer kitschigen blöden Katze drauf. Ich hatte es vor vielen Jahren von meiner Tante Ursula geschenkt bekommen und es noch nie benutzt. Heute würde es zum ersten Mal zum Einsatz kommen, denn ich hatte gerade kein anderes zur Hand. Ich begann mit «Meine liebe Freundin Trudi» und hoffte, dass Trudi den Brief nicht schon nach dieser Anrede zerreißen würde. Und dann schrieb ich all das auf, was ich eben auf meinem Bett über sie gedacht hatte, und dass ich sie so sehr vermisste. Es war kein langer Brief. Nicht mal eine Seite hatte ich geschrieben. Aber es war ein ehrlicher Brief, den ich aus voller Überzeugung und tiefstem Herzen verfasst hatte. Ich las meine

Zeilen nicht noch einmal durch, schrieb unten noch «PS: Entschuldige die blöde Katze» drauf und faltete das Blatt. Dann steckte ich es in einen dazugehörigen Umschlag und klebte ihn zu. Ich würde ihn gleich morgen bei Trudi in den Briefkasten stecken, dachte ich und legte mich wieder hin.

Doch ich konnte immer noch nicht schlafen. Und dann dachte ich, dass ich es mir morgen vielleicht schon wieder anders überlegt haben würde mit dem Brief. Also sprang ich wieder auf, zog mir eine Jacke über, schnappte mir den Brief und radelte mitten in der Nacht im Nachthemd zu Trudis Haus. Schnell, und ohne lange darüber nachzudenken, steckte ich den Umschlag in den Briefschlitz an der Haustür. Dann fuhr ich auf dem schnellsten Wege zurück nach Hause. Es dämmerte schon, als ich dort ankam. Gleich würde es hell werden. Höchste Zeit zu schlafen, dachte ich.

Ich lehnte mein Fahrrad an die Garagenwand und schlich ins Haus.

«Wo kommst du denn her?», hörte ich Papa plötzlich fragen.

Ich erschrak fürchterlich und zuckte zusammen. Papa stand vor der offenen Kühlschranktür und hielt sich die Flasche Wasser an den Mund, die ich vorhin fast leer getrunken hatte.

«Ich … äh … war nur kurz frische Luft schnappen», log ich. «Vor der Tür. Ich konnte nicht schlafen, weißt du?»

«Ist alles okay mit dir?» Papas müde Augen sahen mich argwöhnisch an, nachdem er die Flasche wieder abgesetzt hatte.

Ich nickte schnell. «Ja, ja. Alles okay. Ich versuch nochmal, 'ne Runde zu schlafen.»

«Mach das. Gute Restnacht!»

«Danke gleichfalls», murmelte ich und schlich auf Zehenspitzen nach oben, um Mama nicht zu wecken. Ich fühlte mich jetzt ein bisschen besser, und dann überkam mich endlich die große Müdigkeit. Ich legte mich ins Bett, igelte mich ein wie ein kleiner Embryo und schlief sofort ein.

Ich träumte von Antoine. Wir machten Urlaub in seinem Heimatdorf in der Nähe von Avignon. Es war heiß, der Lavendel blühte, und Antoine und ich spazierten Arm in Arm durch den kleinen Ort. Wir kamen an eine kleine Kirche. Da tauchte auf einmal wie aus dem Nichts Ophelia auf. Antoine ließ mich stehen und ging zu ihr hinüber. Arm in Arm ging er mit ihr weiter. Ich blieb allein zurück. Plötzlich läutete die Kirchenglocke. Nur ein Mal. Antoine drehte sich um und sah mich allein vor der kleinen Kirche stehen. Er zuckte bedauernd mit den Schultern, winkte mir noch einmal traurig zu und wandte sich wieder Ophelia zu. Ohne sich noch einmal umzuschauen, verschwanden die beiden hinter der nächsten Häuserecke. Ding-Dong machte es noch einmal. In diesem Moment schlug ich die Augen auf. Ich brauchte eine Weile, um zu begreifen, dass das Ding-Dong aus meinem Traum in Wirklichkeit unsere Haustürklingel war.

Verschlafen räkelte ich mich in meinem Bett. Ding-Dong machte es schon wieder. Anscheinend waren Mama und Papa ausgeflogen. Und anscheinend war da jemand ganz schön hartnäckig. Wenn ich die Ding-Dongs aus meinem Traum mitrechnete, klingelte da jemand nun schon zum dritten Mal. Zum vierten Mal, um genau zu sein, denn im nächsten Moment machte es nochmal Ding-Dong. Und dann war ich endlich hellwach, denn plötzlich ahnte ich, wer da so unermüdlich auf den Klingelknopf drückte. Das konnte eigentlich nur Antoine sein. Er war gekommen, um sich zu entschuldigen und mir zu sagen, dass er Ophelia nie wieder sehen würde, dass er mich über alles liebte und dass ihm das alles schrecklich leidtat mit gestern Abend. Während ich im Nachthemd die Treppe hinunterschwebte, legte ich mir schnell zurecht, was ich sagen würde. Natürlich würde ich mich ein wenig zieren, nahm ich mir vor, denn Antoine sollte ruhig merken, dass man so nicht mit einer Mathilda Hensen umspringen konnte. Ich würde ihm sagen, dass ich nicht sicher sei, ob das mit uns so funktionierte, und dass ich erst mal darüber nachdenken müsse. Nach einigem Hin und Her würde ich ihm schließlich erlauben, mich zu küssen. Aber nur ganz kurz, denn das mit dem Nachdenken würde ich durchziehen. So ein, zwei Stunden jedenfalls. Mindestens. Und wenn er dann wieder anriefe, würde ich mich erbarmen, mich mit ihm zu treffen, und einer richtigen Aussprache zustimmen, die natürlich mit einem endlos langen Versöhnungskuss enden würde. Von da an würden wir glücklich sein bis an unser Lebensende. Jawohl, das schien mir ein wirklich guter Plan zu sein.

Unten angekommen, warf ich noch einen schnellen Blick in Mamas Garderobenspiegel. Ich sah verpennt und verwuselt aus, in meinem langen weißen Nachthemd, aber ich wusste, dass Antoine das süß fand. «Wie ein kleiner verschlafener Engel», hatte er einmal gesagt, als ich ihm in ähnlichem Aufzug die Tür geöffnet hatte. Ich setzte ein unschuldiges verschlafenes Engelsgesicht auf und öffnete erwartungsvoll die Tür. Doch meine Erwartungen wurden nicht erfüllt. Sie wurden sogar noch übertroffen. Denn da stand nicht Antoine. Da stand jemand ganz anderes. Jemand, den ich lange nicht gesehen hatte. Ich schluckte, schnappte nach Luft, kniff mir schnell heimlich in den Arm, weil ich kurz dachte, dass ich noch träumte, und dann sagte ich atemlos: «Du?»

«Ja, ich!», sagte Trudi und hielt meinen Katzenbrief in die Höhe. «Danke für deinen Brief. Ich hab dich auch sehr vermisst. Ach, vermisst ist gar kein Ausdruck!»

Und dann fielen wir uns beide um den Hals und wollten uns gar nicht mehr loslassen. Irgendwann fragte Trudi, ob sie vielleicht reinkommen könnte, und ich lachte und sagte: «Entschuldige. Ich bin so froh, dass ich alles um mich herum vergessen habe!» Und genau so war es auch. Ich hatte für einen kurzen Augenblick alles vergessen. Sogar Antoine und Ophelia und den ganzen miesen Abend gestern. Meine beste Freundin war wieder da, und ich war so glücklich darüber, dass dieses Glück sogar meinen Liebeskummer überstrahlte.

Wir gingen in mein Nähzimmer und setzten uns auf Henriettes Sofa. Und dann redeten wir, denn wir hatten sehr viel zu besprechen. Trudi erzählte mir noch einmal, wie enttäuscht sie gewesen war, als ich sie verdächtigt hatte, Geld aus der Kasse genommen zu haben. Und ich erklärte ihr noch einmal, dass ich das quasi nur im Affekt gesagt hatte und dass ich es schon in der nächsten Sekunde wieder bereut hatte. Wir entschuldigten uns gegenseitig und beteuerten, dass wir das nächste Mal, wenn wir uns stritten, nicht wieder so viel Zeit vergehen ließen, bis wir wieder miteinander sprächen.

Irgendwann steckte Mama ihren Kopf zur Tür rein und verzog sich sofort wieder, als sie Trudi erblickte. Sie konnte sich wohl denken, dass wir viel zu besprechen hatten. Trotzdem kam sie kurze Zeit später noch einmal hoch, mit einem riesigen Tablett in der Hand, auf dem sie für Trudi und mich ein leckeres Frühstück zubereitet hatte. «Du bist die Beste, Mama», sagte ich.

«Schön, dass du uns mal wieder besuchst», sagte Mama zu Trudi, und dann verkrümelte sie sich wieder.

Trudi und ich hauten richtig rein und erzählten uns alles, was in den letzten Wochen passiert war. Trudi erzählte von ihrem Urlaub in Rimini, der ohne mich total langweilig gewesen war.

«Ich dachte, du hast dort eine Freundin gefunden», sagte ich.

Trudi schaute mich überrascht an.

«Kalle hat es mir erzählt!»

«Ach so. Ja, da war ein nettes Mädchen. Lisa hieß sie. Wir haben uns ab und zu getroffen und sind zusammen an den Strand gegangen. Aber sie ist nach einer Woche wieder abgereist. Und so viel hatten wir uns dann am Ende auch nicht zu sagen. Ach, es hätte so lustig werden können mit dir. Aber das habe ich mir selbst versaut.»

«Wieso du?», fragte ich überrascht.

«Weil ich so stur war und nicht bereit, dir zu verzeihen.»

«Nein, das geht ganz klar auf meine Kappe», widersprach ich ihr. «Es war ungeheuerlich von mir, dich zu verdächtigen. Dich, die beste Freundin, die man sich vorstellen kann. Die immer für mich da war und sich wochenlang mein Geheule wegen Jonas angehört hat.»

«Es ist jetzt müßig, darüber nachzudenken, wer von uns beiden uns den Urlaub versaut hat. Wir waren wohl beide ein bisschen schuld.»

«Und Kalle?», fragte ich. «Ich hab gehört, dass ihr oft telefoniert habt, als du im Urlaub warst.»

«Ja, das stimmt. Und heute Nachmittag kommt er mich besuchen.»

«Oh, das heißt, ihr …»

«Ja, wir sind jetzt richtig fest zusammen. Zumindest waren wir es, bevor ich geflogen bin. Ich hoffe, dass Kalle es sich nicht zwischendurch anders überlegt hat.»

«Oh nein. Das glaube ich nicht. Immer, wenn er von dir gesprochen hat, und das hat er sehr oft getan, dann hatte er plötzlich so einen seligen Gesichtsausdruck. Ich glaube, er liebt dich.»

Jetzt bekam Trudi auf einmal auch diesen seligen Gesichtsausdruck, und da drückte ich sie. «Ich freue mich für euch. Ihr seid wirklich ein hübsches Paar.»

Trudi hob lachend die Hand. «Nun mal langsam. Erst

mal sehen, wie sich die Sache entwickelt. Und du? Wie ist es mit dir und Antoine weitergegangen? Kalle hat mir am Telefon erzählt, dass ihr auch zusammen seid.»

Und da erzählte ich ihr die ganze lange Geschichte. Warum Antoine das Geld genommen hatte. Dass ich ihm verziehen hatte, weil er nur seinen Eltern helfen wollte, und dass wir dann mit aller Kraft das L'Auberge auf Vordermann gebracht hatten.

«Da habt ihr ja richtig was erlebt, während ich mich am Strand von Rimini gelangweilt habe.»

«Ja, das kannst du laut sagen. Und gestern war die große Neueröffnungsparty!»

«Und?»

«Es war schrecklich. Na ja, zuerst nicht. Das Essen von Jacques war einfach göttlich. Pedro vom ‹Mexicana› hat Cocktails spendiert, und Daniel hat Musik gemacht.»

«Das klingt aber gar nicht schrecklich. Das klingt nach einer durch und durch gelungenen Party.»

«War es auch. Für alle anderen. Aber nicht für mich.»

Und dann erzählte ich Trudi von Ophelia, die plötzlich aus Paris gekommen war und die sich so unverschämt an Antoine ranmachte. Und ich erzählte ihr auch von meinem oberpeinlichen Auftritt auf der Tanzfläche und dass mich wahrscheinlich nun alle für eine hysterische Ziege hielten, einschließlich Antoine natürlich, der wahrscheinlich nie wieder mit mir reden würde.

16
picknick

Ich hatte falschgelegen. Nachdem Trudi gegangen war, klingelte es wieder an der Haustür. Und dieses Mal war es wirklich Antoine. Er sah ziemlich fertig aus, aber immerhin schenkte er mir ein Lächeln, als ich ihm öffnete – wenn auch nur ein ganz kleines. Und da sah er plötzlich wieder so lieb und unschuldig und irgendwie einfach toll aus, und ich warf meine ganzen Vorsätze von heute Morgen über Bord. Ich schleppte ihn hinauf in mein Zimmer und verschloss die Tür. Wir setzten uns nebeneinander auf mein Bett.

«Was war los mit dir, gestern Abend?», fragte er, und plötzlich sah er sehr ernst aus. «Du hast dich unmöglich benommen, Mathilda! Du ...»

Da spürte ich schon wieder die Wut in mir aufsteigen, und plötzlich fand ich ihn gar nicht mehr lieb und unschuldig. Ich fand ihn blöd und gemein. «Ich hab mich unmöglich benommen?», rief ich. «Und du? Wie hast du dich benommen? Was meinst du, wie ich mich gefühlt habe, als ich gesehen habe, was du da mit Ophelia auf der Tanzfläche angestellt hast? Meinst du, das war toll für mich? Dass du sie nicht angefallen hast, war echt alles! Und ich stand da wie das kleine Blödchen vom Dienst. Das kannst du mit mir nicht machen, kapiert?» Ich redete mich in Rage, und ich spürte, dass es richtig guttat, endlich alles rauszulassen.

«Ophelia und ich sind gute Freunde!», versuchte Antoine sich zu verteidigen. «Und dass wir so … na ja, so cool getanzt haben, das war doch nur Spaß.»

«Gute Freunde! Cool getanzt! Nur Spaß! Weißt du was? Ich kann das nicht mehr hören. Ihr seid gute Freunde? Dann benehmt euch auch so. Und nicht, als wärt ihr ein verliebtes Paar.»

«Aber das tun wir doch gar nicht …»

«Doch, das tut ihr.»

«Nein, ich …»

«Hau ab!», hörte ich mich plötzlich sagen.

Antoine sah mich verwirrt an. «Aber … ich …»

«Raus! Sofort!» Ich deutete unmissverständlich auf meine Tür, denn ich hatte genug von ihm. Ich hatte seine ewigen Wir-sind-doch-nur-gute-Freunde-Geschichten sowas von satt. Ich wollte ihn nicht mehr sehen!

Antoine erhob sich langsam und verließ mit gesenktem Kopf mein Zimmer.

Ich machte mir nicht die Mühe, ihn hinunterzubegleiten. Er kannte den Weg.

Nachdem ich die Haustür ins Schloss fallen gehört hatte, legte ich mich rücklings auf mein Bett und atmete tief durch. Ich konnte selber noch nicht richtig glauben, was ich da eben getan hatte. Ich hatte Antoine rausgeschmissen. Achtkantig. Dabei hatte ich mir doch vorgenommen, nur ganz kurz ein bisschen sauer zu sein. Aber jetzt war ich eben richtig schlimm sauer geworden, und je länger ich darüber nachdachte, desto mehr fand ich, dass ich auch allen Grund dazu hatte.

Irgendwann beschloss ich, Trudi anzurufen. Ich erzählte ihr haarklein von unserem Streit. Trudi tröstete mich. «Du hast es genau richtig gemacht, Mathilda», sagte sie. «Es wurde höchste Zeit, dass du dich wehrst.»

«Und wenn er jetzt nichts mehr mit mir zu tun haben will?»

«Will er bestimmt. Ich wette mit dir um ein Spaghettieis, dass er spätestens heute Abend anruft und sich entschuldigt.»

«Okay, ich schlag ein und wette dagegen», sagte ich, obwohl ich natürlich eigentlich hoffte, dass Trudi recht behalten würde.

Und Trudi behielt recht. Er rief nicht abends an. Er rief schon am Nachmittag an. Und dann entschuldigte er sich bei mir. «So was wie gestern Abend wird nicht mehr vorkommen», versprach er hoch und heilig. «Ganz bestimmt nicht. Ich liebe nur dich, Mathilda, und zwar sehr.»

Als er das sagte, lief mir ein wohliger Schauer über den Rücken. Inzwischen war meine Wut verflogen, und ich war bereit, ihm zu verzeihen, denn eigentlich wollte ich nichts mehr, als dass wir glücklich waren.

«Hast du morgen schon was vor?», fragte Antoine schließlich.

«Nein!», erwiderte ich.

«Was hältst du von einem Picknick am Rhein?»

«Ein Picknick! Das ist eine tolle Idee!», rief ich begeistert in den Hörer und malte mir bereits im Geiste aus, was ich alles Leckeres in den Picknickkorb packen würde.

«Ich hol dich ab», sagte er. «Morgen um zwölf!»

«Okay, morgen um zwölf!»

Wir verabschiedeten uns, und ich legte auf. Doch ich legte das Telefon gar nicht erst aus der Hand, sondern wählte umgehend Trudi an, um ihr brühwarm von Antoines Anruf zu berichten.

«Siehste!», rief Trudi. «Und jetzt schuldest du mir ein Spaghettieis!»

«Okay, okay. Du kriegst dein Eis», lachte ich. «Bei der nächsten Gelegenheit. Versprochen!»

Ich hängte ein, ging in mein Nähzimmer und legte mich auf Henriettes Sofa. Glücklich starrte ich die Decke an und dachte, dass man die Spinnweben mal entfernen müsste. Und dann dachte ich an morgen. Ich ging unser Picknick in Gedanken minutiös durch. Wir würden einen tollen romantischen, nicht einsehbaren Platz auf der Rheinwiese finden, dort unsere Decke ausbreiten und dann ganz viele leckere Sachen essen. Dabei würden wir viel reden, über unseren ersten richtigen Streit heute und später über Gott und die Welt. Wir würden gemeinsam lachen und uns ein wenig auf der Decke balgen. Dann würden wir uns küssen, und wenn wir damit fertig wären, würden wir unsere Füße in den Rhein halten, und dann würden wir uns noch mal küssen, und dann noch mal und noch mal. Ich war süchtig nach seinen Küssen. Oh, ich freute mich auf morgen. Ich freute mich so sehr, dass ich mich aufstellte und Trampolin auf dem Sofa hüpfte. Als Mama reinkam, um nach mir zu sehen, fragte sie besorgt, ob alles in Ordnung sei mit mir.

«Und wie», sagte ich fröhlich und hüpfte weiter.

«Und warum hüpfst du?»

«Weil Antoine und ich morgen ein Picknick am Rhein machen!»

Mama sah mich kopfschüttelnd an und ging lachend wieder hinaus. Das Leben konnte so wunderbar sein, dachte ich. Meine beste Freundin war wieder meine beste Freundin, und mein Freund war wieder mein Freund, und außerdem war mein Freund der tollste Typ der Welt. Wer konnte das schon von sich behaupten? Dass er mit dem tollsten Typen der Welt zusammen war?

Am nächsten Morgen sprang ich schon früh und gut gelaunt aus dem Bett. Ich frühstückte gemütlich, und dann begann ich, leckere Sachen für meinen Picknickkorb vorzubereiten. Ich machte Kartoffelsalat, kochte Eier und packte etwas von dem Schokoladenkuchen ein, den Mama gestern noch gebacken hatte. Außerdem Orangensaft, Rosinenweckchen und Teller und Besteck für zwei Personen. Hmm, das würde ein wunderbarer Nachmittag werden. Nachdem der Korb fertig gepackt war, holte ich unsere Picknickdecke aus dem Keller und rollte sie so, dass man sie bequem auf den Fahrradgepäckträger schnallen konnte.

Danach kam der schwierige Teil meiner Mission. Was sollte ich anziehen? Es mussten bequeme Sachen sein, die aber gleichzeitig gut aussahen. Zum Glück strahlte mal wieder die Sonne vom Himmel, sodass ich mich für ein luftiges Sommerkleid entschied. Ziemlich kurz, aber es war sehr warm, und meine schlanken braunen Beine kamen bestens zur Geltung. Ich sah an mir hinab und war zufrieden. Meine langen Haare steckte ich locker mit einer großen Spange fest. Dann schminkte ich mich, aber nur so, dass man nicht sah, dass ich geschminkt war. Ich wusste, dass Antoine eher auf den natürlichen Typ Frau stand. Umso erstaunlicher, dass er mal mit Ophelia zusammen war. Na ja, war ja auch nur von kurzer Dauer, die Beziehung zwischen den beiden. Als ich einen prüfenden Blick in den Spiegel warf, guckte mich ein sehr hübsches, leichtgebräuntes, glückliches Mädchen mit Rehaugen an. Schnell machte ich mir noch einen winzigen Spritzer L'eau D'Issey auf meinen Hals. Dann war ich zufrieden. So konnte ich dem tollsten Typen der Welt unter die Augen treten. Ich schlüpfte schnell in meine pinken Flipflops, und dann klingelte es auch schon an der Tür. Ich sah auf die Uhr. Antoine war auf die Minute pünktlich. Perfekt. Strahlend öffnete ich die Tür, und strahlend begrüßte mich Antoine mit einem Kuss. Er nahm den Picknickkorb und die Decke. Ich hatte beides schon draußen vor die Tür gelegt. Antoine klemmte die eingerollte Decke auf meinen Gepäckträger und den prallgefüllten Picknickkorb auf seinen. Dann radelten wir los Richtung Rhein. Wir brauchten nur eine Viertelstunde, dann waren wir da. Es war noch ziemlich leer auf der großen Wiese am Rhein, aber das würde sich sicher bald ändern. Bei gutem Wetter lockte es die Kölner immer an ihren Fluss, und dann wurde dort gegrillt und gepicknickt, was das Zeug hielt. Aber wir waren früh dran, und so hatten Antoine und ich noch freie Platzwahl. Nachdem wir unsere Fahrräder abgestellt hatten, schlenderten wir Hand in Hand am Wasser entlang. Ich hielt immerzu Ausschau nach dem perfekten Plätzchen für uns. Es sollte geschützt sein. Vielleicht unter einem der Bäume dahinten. Wegen des Schattens, dachte ich, und weil man sich vielleicht auch ein bisschen dahinter verkriechen konnte, wenn man mal etwas ungestörter sein wollte. Wir bewegten uns Richtung Baumgruppe, als uns plötzlich jemand zuwinkte.

«Uu uuuu!», schrie dieser Jemand mit hoher Stimme, und mir blieb die Luft weg. Denn auf meinem Platz, dem, den ich gerade für Antoine und mich auserkoren hatte, saß niemand anderes als Ophelia!

«Oh schau mal, sie ist schon da!», sagte Antoine, und es klang ganz und gar nicht überrascht.

«Was heißt: Sie ist schon da?», fragte ich entsetzt.

«Ach, hatte ich es dir gar nicht gesagt? Ophelia ist mit von der Partie!»

«Wie bitte?», hörte ich mich selber sagen, und meine Stimme klang ziemlich hysterisch, was meinem Gemütszustand auch genau entsprach. «Sie ist mit von der Partie?»

«Ja, natürlich. Was soll sie sonst den ganzen Tag machen?»

Ich war den Tränen nahe. Das konnte doch nicht Antoines Ernst sein! Hatte er denn gar nichts verstanden? War er wirklich so schwer von Begriff? Ich fasste es nicht. Und außerdem war es mir so was von egal, was Ophelia den ganzen Tag machen sollte. Ich wusste nur, was ich den ganzen Tag machen wollte, und Ophelia und Antoine beim Flirten zusehen gehörte mit Sicherheit nicht dazu.

Wütend warf ich Antoine meinen mühevoll zusammengestellten Picknickkorb vor die Füße. «Viel Spaß», zischte ich. «Du ... du ...» Leider fiel mir in diesem Moment kein einziger Ausdruck ein, der beschrieb, was ich gerade für Antoine empfand, und der trotzdem noch halbwegs salonfähig war. Wahrscheinlich lag das daran, dass es diesen Ausdruck schlichtweg nicht gab. Und deshalb entschloss ich mich, einfach einen nicht salonfähigen zu verwenden: «... Schwachkopf!»

Mit diesen Worten drehte ich mich um und rauschte davon. Ich schnappte mir mein Fahrrad und radelte zurück nach Hause. Ich spürte, wie der Wind meine Tränen quer durch mein ganzes dezent geschminktes Gesicht trieb und wie sich meine Wut weiter in meinem Bauch ausbreitete. Zu Hause angekommen, rief ich als Erstes Trudi an.

Zum Glück hatte ich sie sofort an der Strippe, und ich berichtete ihr haarklein, was vorgefallen war.

«Du hast ihn ‹Schwachkopf› genannt?», fragte Trudi schließlich, nachdem ich fertig erzählt hatte.

«Ja!»

«Gut!», sagte sie grimmig.

«Findest du?»

«Absolut. Der Typ hat echt Nerven, dieses französische Flittchen nach der Monsta-Nummer noch mit zu eurem Picknick zu schleppen!»

«Das kannst du laut sagen!»

«Weißt du was? Ich komme jetzt vorbei, mit einem Picknickkorb, und dann gehen wir beide picknicken, aber nicht an den Rhein, sondern im Volksgarten. Und dann werden wir uns gemeinsam eine Strategie überlegen.»

«Eine Strategie?», echote ich.

«Ja. Anscheinend reicht es nicht, wenn du mit Antoine

redest. Ophelia wird sich immer wieder an ihn klammern, und Antoine wird es weiterhin zulassen. Also brauchen wir einen Plan, wie wir Ophelia loswerden. Sonst wird das nie was Richtiges mit Antoine und dir!»

«Loswerden? Du meinst, sie soll ganz weg?»

«Na ja, am besten schon», erwiderte Trudi. «Je weiter weg, desto besser, würde ich sagen.»

«Aber wie sollen wir das bitte anstellen?»

«Das besprechen wir gleich!»

Eine Stunde später stand Trudi vor der Tür. Wie versprochen mitsamt Picknickkorb und Decke, und dann radelten wir Richtung Volksgarten, einem großen alten Park im Kölner Süden. Als wir dort ankamen, lehnten wir unsere Räder an eine der alten Platanen und machten uns auf die Suche nach einem schönen Plätzchen. Hier war inzwischen schon jede Menge los. Viele Studenten hatten ihre Grills aufgebaut. Man sah Feuerschlucker und Jongleure, die das gute Wetter nutzten, um im Freien ihr Können zu demonstrieren. Am Wiesenrand saß ein junger Mann, der versonnen auf seiner Gitarre klimperte. Er hatte lange ungepflegte Haare und sah aus wie ein Computernerd. Wahrscheinlich war er auch einer.

Es roch nach Grillkohle, Fleisch und Knoblauch. Fast ein bisschen wie Marktluft, fanden wir. Überall unter den Bäumen lagen Pärchen, die sich im Schatten ausruhten und den lieben Gott einen guten Mann sein ließen, was mich schmerzhaft daran erinnerte, dass ich genau das heute eigentlich auch mit Antoine hatte tun wollen.

«Guck mal, da!», sagte Trudi plötzlich und deutete auf ein freies Plätzchen neben dem klampfenden Computernerd.

«Das ist ein guter Platz», nickte ich. Wir breiteten unsere Decken aus und plünderten Trudis Picknickkorb. Kartoffelsalat hatte sie nicht dabei, dafür aber jede Menge andere Leckereien. Kleine Frikadellchen, Eier und Käsebrote. Und selbstgebackenen Marmorkuchen. Köstlich. Wir begannen zu futtern, was das Zeug hielt, und wir hörten erst damit auf, als der Picknickkorb ratzekahl leer war. Danach legten wir uns auf den Rücken und schlossen die Augen. Die Sonne wärmte unsere Gesichter, und wir lauschten dem Gitarrengeklimper von dem Typen neben uns. Er spielte gar nicht so schlecht. Jetzt gerade versuchte er sich an einem Song von Robbie Williams: Angel. Der Typ sang sogar leise dazu, und auch das hörte sich nicht übel an. Angel. Auf Französisch hieß das ‹Ange›. So nannte mich Antoine oft, und ich liebte es, wenn er das tat. Wahrscheinlich würde er jetzt Ophelia so nennen, und wenn ich daran dachte, wurde mir schlecht.

«Der Plan», sagte ich plötzlich mitten in ‹Angel› hinein.

Trudi öffnete müde die Augen. «Ich überlege noch!», murmelte sie.

«Ich kann nicht denken», jammerte ich unglücklich.

«Lass mich nur machen», sagte Trudi. «Ich habe da schon so etwas wie eine Grundidee!»

Grundidee, das klang gut. Also schloss ich die Augen und lauschte weiter dem Typen, der zwar sang wie Robbie Williams, aber leider nicht so aussah.

«Ich hab's!», rief Trudi plötzlich und richtete sich auf.

Ich blickte sie erwartungsvoll an.

«Emil und Anton!»

«Deine durchgeknallten Cousins? Was haben die denn mit Ophelia zu tun?»

«Noch nichts, aber bald!»

«Ich verstehe nur Bahnhof!»

«Also, pass auf: Ich hab dir doch erzählt, dass meine Tante wieder arbeiten gehen will.»

Ich erinnerte mich, dass Trudi es erwähnt hatte, als sie mir von ihrem Horror-Babysitting-Nachmittag mit Emil und Anton berichtet hatte.

«Sie findet aber keinen Krippenplatz für die beiden Jungs ...»

«Nachtigall, ick hör dir ...»

«... trapsen, genau. Jetzt sucht sie eine Tagesmutter, die, während sie bei der Arbeit ist, auf die beiden Jungs aufpasst.»

«Ophelia mag Kinder. Hat sie mal gesagt!»

«Na prima. An Emil und Anton wird sie sich die Zähne ausbeißen. Aber das ist nicht unser Problem. Tante Dagmar wohnt in Düsseldorf. Das ist zwar nicht allzu weit weg, aber immerhin so weit, dass sie erst mal aus der Schusslinie wäre!»

«Mensch Trudi, das wäre ja genial!»

«Genau, zumal Emil und Anton ja einen ziemlich gut aussehenden Bruder haben.»

«Du meinst, wenn sie den sieht, ist Antoine passé?»

«Ja, klar. Der sieht wirklich gut aus und ist ein absoluter Charmeur. Und soviel ich weiß, ist er auch gerade solo.

Ophelia wird sich Hals über Kopf in ihn verlieben, und du hast Antoine für dich.»

«Das klingt nach einem verdammt guten und sehr durchdachten Plan.»

«Ist es auch. Wir müssen es jetzt nur schaffen, dass es nicht so aussieht, als wolltest du sie loswerden. Am besten ist, wenn Ophelia das Gefühl hat, dass sie selbst auf die Idee mit dem Job in Düsseldorf gekommen ist. Aber lass mich mal machen. Ich krieg das hin!»

«Na, da bin ich ja mal gespannt», sagte ich, doch ich zweifelte keinen Augenblick daran, dass Trudi das Kind schon schaukeln würde.

Der Typ neben uns war dazu übergegangen, «We are the Champions» zu klampfen, und ich stimmte leise mit ein.

17
win-win-lösung

«Mhmm, köstlich, dieser Kaffee.» Trudi schlürfte genießerisch den Milchschaum ihres Latte macchiato ab.

Wir saßen mit Ophelia im neuen L'Auberge. Irgendwie hatte Trudi es geschafft, sie dazu zu bewegen, mit uns Kaffee trinken zu gehen, ohne dass sie Verdacht schöpfte. Wahrscheinlich dachte sie, wir wollten uns mit ihr anfreunden, und ich hatte schon fast wieder ein schlechtes Gewissen, denn wir wollten ja genau das Gegenteil: sie loswerden. Doch dann dachte ich wieder an die Szene auf der Tanzfläche im L'Auberge, und da löste sich mein schlechtes Gewissen direkt wieder in Luft auf.

«Zwillinge at sie! Oh, très jolie!»

Ich musste grinsen. Trudi verlor wirklich keine Zeit. Sie hatte den Bogen zu unserem anvisierten Hauptthema bereits gefunden und erzählte von ihrem Nachmittag mit Emil und Anton. Dass die beiden sich zuerst fast selbst und schließlich gegenseitig gelyncht hätten, erwähnte sie allerdings nicht. Im Gegenteil: Sie schilderte ihre Erlebnisse mit den beiden Minigodzillas in schillernden Regenbogenfarben.

«Die beiden sind einfach supersüß», schwärmte sie gerade.

«Aber bestimmt auch ein bisschen anstrengend für dein Tant, oder?», fragte Ophelia.

«Na ja, sie würde gerne wieder voll arbeiten, aber sie hat keinen Krippenplatz für die beiden.»

«Oh, wirklisch?» Ophelia guckte erstaunt von ihrem Latte macchiato auf. «In Frankreisch das ist nie eine Probläm mit Krippenplätze. Was will sie jetzt tuen, dein Tant?»

«Sie sucht eine Tagesmutter oder ein Au-pair-Mädchen», sagte Trudi gelassen.

Mein Herz begann zu pochen. Das war der alles entscheidende Satz, und Trudi hatte ihn so lässig rausgehauen, als wäre es eine Banalität wie «Der Kaffee schmeckt nicht schlecht».

«Sie sucht eine Au-pair-Mädschen?»

«Ja, so was in der Art. Jemanden, der bei ihr im Haus wohnt und tagsüber auf Emil und Anton aufpasst, während sie arbeitet. Gegen Bezahlung natürlich. Ist bestimmt kein schlechter Job. Tante Dagmar und Onkel Theo haben Geld und ein ziemlich großes Haus.»

Ich blickte zu Ophelia hinüber, und ich sah förmlich, wie es in ihrem Gehirn ratterte.

«Ist Düsseldorf eigentlisch weit von ier?»

Ich atmete auf. Sie hatte angebissen!

«Nein, nur zwanzig Autominuten etwa. Wieso?», fragte Trudi mit Unschuldsmiene.

«Dann könnte isch doch vielleischt ...»

Trudi haute sich mit der flachen Hand vor die Stirn, so, als wäre ihr der Gedanke erst jetzt gerade gekommen. Sie war wirklich eine großartige Schauspielerin.

«Ja, natürlich. Das ist die Idee!», rief sie begeistert. «Emil und Anton werden dich lieben.»

«Na klar!», stimmte ich mit ein. «Dass wir nicht gleich daran gedacht haben!»

«Ich gebe dir mal Dagmars Handynummer!», sagte Trudi und begann geschäftig, in den Untiefen ihrer Tasche nach einem Stift zu suchen. Sie fand einen und kritzelte etwas auf einen Bierdeckel, der auf dem Tisch herumlag. «Hier, das ist ihre Nummer.»

«Isch rufe gleisch eute Mittag an. Drück misch Daumen!»

«Ja, drück isch», lachte Trudi. «Und ich werde sie vorwarnen und ihr sagen, dass du total nett bist! Und dass Emil und Anton jetzt quasi zweisprachig aufwachsen können: deutsch und französisch.»

Ich biss mir auf die Lippen. Mann, das war echt abgezockt. Andererseits verhalfen wir Ophelia gerade zu einem Job, der wahrscheinlich gar nicht so übel war. Okay, wir hatten ihr nicht ganz die Wahrheit über Emil und Anton verraten, aber immerhin würde sie jetzt eine ganze Menge Geld verdienen und in einem schönen Haus leben.

«Danke, merci beaucoup für diese gute Tipp», sagte Ophelia, stand auf und fiel Trudi und mir abwechselnd um den Hals.

«Gern geschehen», sagten wir wie aus einem Munde und zwinkerten uns unauffällig zu.

«Ach übrigens», fügte Trudi hinzu. «Emil und Anton haben einen großen Bruder. Ne echte Zuckerschnecke!»

«Zucker... äh was?», fragte Ophelia und schaute verwirrt von einem zum anderen.

«Du wirst schon sehen», grinste Trudi.

«Yesssss!» Trudi machte die Säge. Wir hatten beschlossen, noch einen zweiten Latte macchiato zu uns zu nehmen, nachdem Ophelia gegangen war.

Ich hielt meine rechte Hand hoch, und Trudi klatschte ab.

«Die Rechnung ist aufgegangen», sagte ich zufrieden. «Mensch Trudi, du bist echt cool. Du solltest Schauspielerin werden.»

Trudi nickte lachend. «Ja, warum nicht?»

«Aber zwischenzeitlich hatte ich schon ein schlechtes Gewissen», sagte ich.

«Na ja, ich auch. Andererseits haben wir ihr gerade einen echten Gefallen getan. Dass du nun auch noch davon profitierst – hoffentlich –, ist ja nur ein schöner Nebeneffekt. Eine klassische Win-win-Lösung sozusagen.»

«Hä?»

«Na ja, eine Lösung, bei der beide Seiten gewinnen.»

«Aha», nickte ich. «So kann man es natürlich auch sehen.»

«Und jetzt? Wie geht's jetzt weiter?»

Ich zuckte mit den Schultern. «Jetzt muss ich mit Antoine reden. Er ist immer noch sauer auf mich.»

«Warum ist *er* eigentlich sauer auf *dich*?»

«Na ja, wegen des Picknicks. Weil ich einfach abgehauen bin. Er ist genervt, weil ich eine eifersüchtige Schnepfe bin!»

«Das hat er gesagt?»

«Nein. Aber gemeint. Und irgendwie hat er ja auch ein bisschen recht.»

«Nun mach aber mal halblang. Du hattest allen Grund dazu.»

«Ja, das stimmt. Weißt du, ich will eigentlich nur, dass alles wieder so ist, wie es mal war, bevor Ophelia kam.»

«Das wird es auch», sagte Trudi und legte tröstend einen Arm um mich. «Ganz bestimmt!»

Ich war gerade im Bad, als mein Handy in meiner Hosentasche vibrierte. Hektisch warf ich die Haarbürste, die ich gerade aus dem Badezimmerschrank geholt hatte, von mir, angelte mein Handy aus der Hose und ging ran. Es war Antoine!

«Hallo, Antoine», rief ich gespielt fröhlich in den Telefonhörer. Mein Herz klopfte. War er noch sauer? Oder wollte er auch nur, dass alles wieder so würde wie vorher? Antoine sparte sich eine Begrüßung, was ich als kein gutes Zeichen wertete.

«Wir müssen reden!», stieß er hervor.

«Ja, stimmt», erwiderte ich vage. «Jetzt?»

«Ja, jetzt wäre gut! Ast du Zeit?»

Er war nervös.

«Äh, ja», hörte ich mich sagen, obwohl ich eigentlich mit Trudi ins Kino wollte. Ich musste sie anrufen und absagen. Das hier war wichtiger. Trudi würde das verstehen. «Kommst du vorbei?», fragte ich also.

«Bin schon fast vor deiner Tür!»

Scheiße!, dachte ich. «Oh, prima», sagte ich. Im nächsten Moment klingelte es.

Ich schnappte mir schnell noch einmal die Bürste und

flog damit durch mein Haar. Wenn schon eine so plötzliche Aussprache, dann wollte ich wenigstens gut dabei aussehen. Ich warf einen Blick in den Spiegel. War okay, dachte ich. Ein paar Spritzer L'Eau d'Issey legte ich auch noch auf, denn ich wollte auch gut riechen, für den Fall, dass wir uns nach unserer Aussprache innig küssen würden. Dann rannte ich die Treppe hinunter und öffnete atemlos.

«Hi», sagte ich und setzte mein schönstes Julia-Roberts-Lächeln auf.

«Hi», sagte Antoine. Er lächelte nicht zurück, hauchte mir aber immerhin ein Küsschen auf die Wange. «Geh schon mal rauf», sagte ich. «Ich hol uns noch schnell etwas zu trinken aus der Küche.»

Während Antoine in meinem Zimmer wartete, rief ich schnell Trudi an und erklärte ihr die Sachlage. Sie verstand sofort und war kein bisschen sauer. Dann nahm ich zwei Gläser aus dem Schrank und schnappte mir eine fast volle Flasche Wasser, die auf dem Tisch stand. Ich hoffte, Papa hatte nicht wieder daraus getrunken.

Als ich in mein Zimmer kam, stand Antoine mit dem Rücken zu mir am Fenster und blickte hinaus.

Ich setzte die Gläser und die Flasche Wasser auf meinem Schreibtisch ab und überlegte, ob ich zu ihm hinübergehen und ihn von hinten umarmen sollte. Aber irgendetwas an seiner Haltung sagte mir, dass ich das lieber lassen sollte. Ich setzte mich auf mein Bett und wartete, dass er etwas sagen würde. Endlich drehte er sich zu mir um. In meinem Magen machte sich ein komisches Gefühl breit. Es war das gleiche Gefühl, das ich immer hatte, wenn wir eine Mathearbeit zurückbekamen. Antoine setzte sich neben mich, ließ aber so viel Platz, dass wir uns nicht berührten.

«Ophelia hat mir von eurem Treffen erzählt», begann er ruhig.

Ich schluckte. Er war sauer, weil wir seine Ex ins Exil nach Düsseldorf geschickt hatten.

«Echt nett von euch, dass ihr das mit dem Job in Düsseldorf vermittelt habt.»

Ich atmete erleichtert auf. Das klang nicht sarkastisch. Das klang ganz ehrlich.

«Hat das etwa geklappt?», fragte ich gespannt.

«Mal sehen. Jedenfalls hat sie gleich nach eurem Treffen bei dieser Frau ... wie heißt sie doch gleich?»

«Dagmar», half ich ihm auf die Sprünge.

«Genau. Sie hat Dagmar angerufen, und sie werden sich morgen treffen.»

«Oh, wie schön!», rief ich ein wenig zu begeistert. Antoine sah mich irritiert an.

«Bist du traurig, dass sie weggeht?»

Er schüttelte den Kopf. «Nein, es ist gut so. Unsere Wohnung ist nicht besonders groß, und mit der Zeit geht man sich auf die Nerven, wenn man auf so engem Raum miteinander lebt.»

«Sie geht dir auf die Nerven?», fragte ich erstaunt.

«Noch nicht, aber sie ist kurz davor», grinste er. Doch dann wurde seine Miene wieder ernst. «Aber ich wollte dir etwas ganz anderes sagen.»

«Was denn?», fragte ich, und meine Finger krallten sich in mein Bettzeug.

«Ich mag dich, Mathilda, das weißt du. Aber ich weiß nicht, ob das mit uns so funktioniert. Wir sind gerade erst drei Wochen zusammen, und wir streiten uns dauernd. Du bist eifersüchtig, sauer, haust einfach ab. Wie soll das weitergehen?»

In meinem Bauch zog sich plötzlich alles zusammen. Ich schluckte. Wollte er etwa Schluss machen? Jetzt, wo wir uns so viel Mühe gegeben hatten, Ophelia loszuwerden?

«Aber es war doch nur wegen Ophelia», stieß ich gequält hervor.

«Warum vertraust du mir nicht, Mathilda?»

Ich dachte an den großen Vertrauensbruch, den Antoine sich geleistet hatte, als er das Geld aus der Kasse genommen hatte, doch ich biss mir auf die Lippen und sagte nichts.

«Es ist eben nicht so einfach, jemandem zu vertrauen, dessen Ex bei diesem Jemand Ohr an Ohr schläft. Und wenn diese Ex auch noch aussieht wie ein Topmodel, dann ist es noch schwerer. Aber zum Glück geht sie ja jetzt nach Düsseldorf, und dann kann alles wieder so werden wie früher.»

«Ach, deshalb habt ihr ihr Dagmars Nummer gegeben.» Ich sah, dass es Antoine wie Schuppen von den Augen fiel. «Nicht aus Nettigkeit, sondern aus Eigennutz habt ihr das getan.»

Mir rutschte das Herz in die Hose.

«Na ja, nicht nur ...», stammelte ich und faselte etwas von Win-win-Lösung.

Doch Antoine hörte gar nicht mehr richtig zu. «Weißt du, Mathilda, es ist anstrengend mit dir.»

«Was soll das heißen?»

Er nahm meine Hand, und ich spürte, dass seine genauso feucht war wie meine. «Ich brauche eine Pause!»

Einen Augenblick lang starrte ich ihn einfach nur an.

«Eine Pause?», rief ich schließlich. «Was für eine Pause?»

«Eine Beziehungspause. Ich muss nachdenken. Gib mir ein, zwei Wochen Zeit. Ich brauche Abstand, um herauszufinden, was ich will.»

«Was du willst?» Mir schossen die Tränen in die Augen – wieder einmal. «Liebst du mich nicht mehr?»

«Doch. Aber ich muss noch atmen können, verstehst du?»

Ich verstand überhaupt nicht, aber ich hielt ihn nicht zurück, als er aufstand und ging.

Ich warf mich auf mein Bett und weinte wieder einmal bitterlich. Als ich damit fertig war, fing ich an nachzudenken. Was war das gerade? Schlussmachen auf Raten? Aber er liebte mich noch, hatte er gesagt. Warum wollte er mich dann nicht jede Sekunde des Tages sehen, so wie ich ihn? Ich verstand die Welt nicht mehr.

Henriette klatschte begeistert in die Hände. Trudi und ich saßen mit ihr in unserer Küche und erzählten ihr die ganze Ophelia-Story von Anfang bis Ende. «Das habt ihr prima gemacht», sagte sie. «Ihr seid ganz schön gewieft, ihr zwei. Das nenne ich eine klassische Win-win-Lösung. Wisst ihr, was das ist?»

«Wenn beide Seiten gewinnen», sagten wir lachend wie aus einem Munde.

Erstaunt blickte Henriette uns an. «Hey, ihr seid gut!»
Wir grinsten.

«Na ja, jedenfalls habt ihr das genau richtig gemacht», lobte Henriette.

«Trotzdem funktioniert es nicht.»

«Wieso? Hat es dann doch nicht geklappt mit Düsseldorf?»

«Doch», erwiderte Trudi. «Tante Dagmar war total begeistert, und die Zwillinge auch. Ophelia zieht nächste Woche um!»

«Und wo ist jetzt das Problem?» Henriette runzelte die Stirn.

«Antoine ist das Problem!», sagte ich traurig.

«Was? Wieso?», fragte Henriette entsetzt.

Plötzlich hatte ich wieder dieses Mathearbeitsgefühl im Bauch. «Er hat gesagt, er braucht mal eine Pause. Er fühlt sich eingeengt und so. Und er hat natürlich auch geschnallt, dass wir Ophelia nicht ohne Grund von Emil und Anton erzählt haben.»

«Ach Mathilda. Ich habe euch zwei doch zusammen gesehen. Er liebt dich, das weiß ich ganz genau.» Henriette nahm meine Hand.

«Klang gestern irgendwie anders», murmelte ich resigniert.

«Hat er gesagt, wie lange die Pause dauern soll?»

«Ein, zwei Wochen braucht er, hat er gesagt.»

«Pass auf, du lässt ihn jetzt eine Woche in Ruhe. Du rufst ihn nicht an, schickst ihm keine SMS und fährst auch nicht bei ihm vorbei.»

«Das halte ich nicht aus!»

«Doch, das schaffst du!», erklärte Henriette bestimmt.

«Und ich bringe dich in dieser Zeit auf andere Gedanken», versprach Trudi.

«Und wenn die Woche rum ist, dann ...»

«Dann müsst ihr euch versöhnen.»

«Und wenn er nicht will?»

«Er will», sagte Henriette bestimmt. «Aber vielleicht reicht in diesem Fall eine normale Versöhnung nicht aus. Vielleicht musst du dir etwas ganz Besonderes überlegen, etwas, das ihm zeigt, dass du dir Mühe gegeben hast und dass dir ganz viel an ihm liegt. Lass deinen hellsten Stern nicht wieder los, Mathilda. Kämpfe um ihn.»

«Und du meinst, das bringt etwas?»

«Ja, meine ich. Ganz bestimmt.»

«Dann überlege ich mal, was ich tun kann, damit mein Stern nicht wieder gen Himmel fährt.»

«Ja, mach das. Dir fällt bestimmt etwas ein.»

«Ja, bestimmt», murmelte ich, und im nächsten Moment hatte ich schon eine ziemlich gute Idee!

18
mondscheinküsse

Ich hatte es tatsächlich geschafft, eine ganze Woche lang nicht mit Antoine in Kontakt zu treten. Und dann endlich rief er selbst an. «Ich habe dich vermisst», sagte er, und ich sagte: «Ich dich auch.»

«Wann sehen wir uns, Mathilda?», fragte er.

«Heute um Mitternacht», erwiderte ich geheimnisvoll.

«Um Mitternacht? Bist du etwa unter die Vampire gegangen?»

«Wer weiß?», lachte ich. «Nein, im Ernst: Komm heute um Mitternacht auf die Rheinwiesen.»

«Was? Wieso?»

«Frag nicht. Komm einfach», sagte ich schnell und legte auf.

Nun musste ich mich sputen. Es war schon nachmittags, und es galt, noch eine ganze Menge vorzubereiten für meine ganz besondere Versöhnung mit Antoine. Da unser letztes Picknick ja nicht stattgefunden, oder besser gesagt, ohne mich stattgefunden hatte, hatte ich beschlossen, es noch einmal damit zu versuchen. Nur dieses Mal wollte ich wirklich mit Antoine allein sein, und da heute Nacht Vollmond sein würde, kam mir der Gedanke, dass ein Picknick bei Mondschein viel romantischer ist als eines am helllichten Tag.

Ich wollte perfekt vorbereitet sein, und so stellte ich mich in die Küche, um Salat und Fleischspießchen zu machen und Kuchen zu backen, denn Liebe geht ja bekanntlich durch den Magen. Ich lieh mir ein buntes Tischtuch von Mama. Sie gab es nur ungern her, aber schließlich konnte ich sie doch überreden. Dann packte ich Teller, Gläser, Besteck und sogar noch ein paar dicke Kerzen ein. Es sollte romantisch werden. Da musste das Equipment stimmen.

Zum Glück hatte sich Trudi bereit erklärt, mir zu helfen. Und so radelten wir gegen dreiundzwanzig Uhr dreißig Richtung Rheinwiesen. Es war schon fast dunkel, als wir ankamen. Direkt am Wasser fanden wir einen schönen Platz. Ein paar Leute saßen in sicherer Entfernung und grillten oder tranken einfach nur ein Bier zusammen. Trudi und ich breiteten das weiße Tischtuch auf dem Rasen aus und deckten den nicht vorhandenen Tisch mit den mitgebrachten Utensilien. Nachdem Teller, Gläser und das Essen platziert waren, rannte ich die Böschung hoch und pflückte noch schnell ein paar Sommerblumen auf der Wiese. Ich klaute mir ein bisschen Wasser aus dem Rhein und füllte es in ein kleines Glas, das ich extra zu diesem Zweck mitgebracht hatte.

«Du hast wirklich an alles gedacht», sagte Trudi beeindruckt.

«Drück mir die Daumen, dass es hilft!»

In diesem Moment sahen wir Antoine. Er schob sein Fahrrad unter einen Baum und kettete es fest.

«Ich bin dann mal weg!», sagte Trudi schnell.

«Danke für alles», sagte ich. «Und komm gut nach Hause!»

«Viel Erfolg. Du machst das schon!» Hastig hauchte sie mir ein Küsschen links und rechts auf die Wange. Dann verschwand sie.

Als ich mich umdrehte, sah ich, dass Antoine seinen Blick suchend umherschweifen ließ. Ich musste ganz schön lange winken, bis er mich entdeckte.

«Hi», sagte Antoine ein wenig atemlos, als er bei mir angekommen war. Überrascht schaute er sich um.

«Hi», sagte ich und schluckte. Wahrscheinlich findet er meine Idee, im Mondschein zu picknicken, total kitschig und bescheuert, dachte ich.

«Ein Mondscheinpicknick», lächelte Antoine. «Eine wunderbare Idee!»

Ich atmete erleichtert auf.

«Komm, setz dich», sagte ich. «Ich habe Fleischspießchen und Salat gemacht.»

«Wow!» Mehr sagte er nicht. Er setzte sich auf die Decke, und ich setzte mich ihm gegenüber. Ich gab ihm zu essen und nahm mir selbst auch etwas, obwohl ich plötzlich überhaupt keinen Appetit mehr hatte. Antoine war so ruhig. War das ein schlechtes Zeichen? Wollte er jetzt endgültig Schluss machen? Wir begannen schweigsam zu essen.

«Sehr hübsch hast du das hier hergerichtet», sagte Antoine irgendwann kauend.

Ich nickte und sah mich um. «Ich wollte sicherstellen, dass es dieses Mal ein gelungenes Picknick wird.»

«Das ist es!»

«Gut.»

Dann sagte wieder ganz lange keiner von uns etwas. Nachdem wir beide unseren Teller leer gegessen hatten, beschloss ich, das Schweigen zu brechen. «Wir müssen reden!», begann ich, obwohl ich gar nicht wusste, was ich jetzt eigentlich sagen wollte.

«Ja, das müssen wir. Erst du?»

Ich nickte, und mein Gehirn arbeitete fieberhaft. Zu Hause war mir so viel eingefallen, was ich alles hatte loswerden wollen. Eigentlich hatte ich die ganze Woche nichts anderes getan, als mir in meinem Kopf zurechtzulegen, was ich in diesem Augenblick sagen wollte. Und jetzt? Jetzt erschienen mir all meine vorher zurechtgelegten Sätze nicht mehr passend. «Ich ...», begann ich zögernd. «Ich wollte dir sagen ...»

«Komm mal her», sagte Antoine da plötzlich sanft, und seine Bernsteinaugen blitzten mich belustigt an.

Ich ging zu ihm hinüber und setzte mich neben ihn.

«Ganz her!»

Ich rückte noch ein wenig näher. Da legte Antoine einen Arm um mich und zog mich ganz fest an sich heran.

Es war ganz ruhig um uns herum. Die anderen Leute waren inzwischen alle nach Hause gegangen. Man hörte ein paar Grillen zirpen, und der Mond schien nur für uns.

«Ich habe dich vermisst», flüsterte Antoine.

«Ich dich auch», flüsterte ich zurück.

Und dann küssten wir uns. Und da fuhr wieder die Achterbahn durch meinen Bauch, und ich spürte, dass wir uns wieder ganz nah waren. Ich legte meinen Kopf auf Antoines

Schoß und blickte in den klaren Sternenhimmel. Antoine streichelte über mein Haar.

«So viele Sterne», sagte er.

«Aber der hellste sitzt hier bei mir!»

Da beugte er sich zu mir herunter und küsste mich noch einmal.

«Und er kann verdammt gut küssen», lachte ich.

«Und dann?», fragte Trudi gespannt. Es war Samstagmorgen, und Trudi und ich erledigten mal wieder die Einkäufe für unsere Mütter auf dem Markt.

«Und dann hat er mich geküsst, und es war der perfekte Moment. Plötzlich wusste ich, dass wir zusammengehören, dass wir uns ganz nahe sind und dass wir Krisen überstehen können, ohne dass etwas zurückbleibt, verstehst du?»

«Ja, ich verstehe. Das klingt toll.»

«Ja, das ist es auch. Und – Trudi? Bei dir und mir ist es genauso.»

«Ja, das stimmt!», sagte Trudi. «Unsere Krise haben wir auch mit Bravour gemeistert.»

«Hätte nur etwas schneller gehen können», bemerkte ich trocken.

«Ja, das stimmt auch», seufzte Trudi. «Dann hätte das mit unserem gemeinsamen Urlaub vielleicht doch noch geklappt. Aber weißt du was? Die Ferien waren auch so aufregend genug!»

Ich nickte. «Das kannst du laut sagen. Henriette hatte wieder einmal recht. Weißt du noch, was sie vor ein paar Wochen am Frühstückstisch gesagt hat?»

«Natürlich weiß ich das noch», lachte Trudi. «Sie hat gesagt, dass uns die aufregendsten Ferien aller Zeiten bevorstehen würden. Kann Henriette eigentlich hellsehen?»

«Ich glaube schon!», antwortete ich ernst.

Da blieb Trudi plötzlich stehen und hielt mich am Arm fest. Ich wusste sofort, was sie wollte. Wir schlossen beide die Augen und sogen die Luft ganz tief ein.

«Köstlich», sagten wir wie aus einem Munde.

«Es war doch eigentlich eine schöne Zeit: wir beide als Marktfrauen, oder?», wollte Trudi wissen.

«Oh ja, das war es», sagte ich und öffnete meine Augen wieder. «In den nächsten Ferien machen wir das noch mal.»

«Und dann fahren wir zusammen in den Urlaub. Egal, was passiert!» Trudi hielt mir ihre Hand entgegen. «Schlag ein!», lachte sie.

Ich schlug ein. «Auf unseren Urlaub im nächsten Sommer!»

«Ach Trudi», sagte ich da, fischte aus meinem Einkaufskorb eine kleine Papiertüte und reichte sie ihr. «Das schenke ich dir.»

«Was ist das?» Neugierig warf Trudi einen Blick in die Tüte und stieß unwillkürlich einen Freudenschrei aus. «Das Bad Girl-Kleid!», rief sie und umarmte mich überschwänglich. Dann blickte sie mich plötzlich stirnrunzelnd an. «Sag mal, hatten wir das Kleid nicht schon am ersten Tag in meiner Größe verkauft?»

«Hatten wir», nickte ich. «Ich hab dir ein neues gemacht.»

«Echt? Extra für mich?», rief Trudi und umarmte mich noch einmal. «Du bist die Beste, Mathilda!»
«Nein, du!», erwiderte ich lachend.

ende

sylvia deloy hat Kommunikationswissenschaften, Germanistik und Marketing studiert, war viele Jahre Redakteurin für diverse Fernsehshows und hat Skripte und Bücher für verschiedene (Comedy-)Serien verfasst. Seit 2000 arbeitet sie als freie Redakteurin und Autorin. Sie lebt mit ihrer Familie in Köln.

Das für dieses Buch verwendete FSC®-zertifizierte Papier
Lux Cream liefert Stora Enso, Finnland.